A SAGA DOS MARX

JUAN GOYTISOLO

A SAGA DOS MARX

Tradução:
ROSA FREIRE D'AGUIAR

COMPANHIA DAS LETRAS

Título original:
La saga de los Marx

Capa:
Victor Burton

Indicação editorial:
Rosa Freire d'Aguiar

Preparação:
Cecília Ramos

Revisão:
Isabel Cury Santana
Carmen S. da Costa

Dados Internacionais de Catalogação na Publicação (CIP)
(Câmara Brasileira do Livro, SP, Brasil)

Goytisolo, Juan
A saga dos Marx / Juan Goytisolo ; tradução de Rosa Freire D'Aguiar. — São Paulo : Companhia das Letras, 1996.

Título original: La saga de los Marx.
ISBN 85-7164-535-3

1. Ficção espanhola 2. Marx, Carl — Ficção I. Título.

96-0529 CDD-863.6

Índices para catálogo sistemático:
1. Ficção : Século 20 : Literatura espanhola 863.6
2. Século 20 : Ficção : Literatura espanhola 863.6

1996

EDITORA SCHWARCZ LTDA.
Rua Bandeira Paulista, 702, cj. 72
04532-002 — São Paulo — SP
Telefone: (011) 866-0801
Fax: (011) 866-0814

A José Vilarasau,
com a fiel amizade
de quase meio século

DRAMATIS PERSONAE

KARL MARX (1818-1883). Pai do socialismo científico. Chamado de Mouro pela família e pelos amigos. Outros apelidos: Devil, Old Nick, Challey, o Patrão.

JENNY VON WESTPHALEN (1814-1881). Esposa do pensador revolucionário. Chamada na intimidade de Möhme.

JENNY MARX (1844-1883). Primeira filha do casal. Chamada geralmente de Jennychen. Outros apelidos: Di, Quiqui, Imperador da China. Esposa de Charles Longuet.

LAURA MARX (1845-1911). Segunda filha de Karl e Jenny. Apelidada de Hotentote ou Kakadu. Esposa de Paul Lafargue.

ELEANOR MARX (1855-1898). Filha caçula do casal. Chamada familiarmente de Tussy. Companheira de Edward Aveling.

HELENA DEMUTH (1823-1890). Empregada da família Marx desde o exílio em Bruxelas. Conhecida habitualmente como Lenchen e, às vezes, Nim.

I

Guarda, Carlo!
(falara em italiano?)
che bel transatlantico!
apontava com o dedo cheio de jóias para o horizonte nublado, para a silhueta esmaecida de um navio com camarotes de luxo, chaminés, radar, antenas, ponte de comando, surgido ali, diante daquela praia seleta, como por efeito de uma ilusão de ótica ou engano
de sua paralela horizontalidade, acomodados em colchonetes listrados que, como as barracas e toldos do bar, reproduziam as cores da bandeira nacional, à sombra das artificiosas cabanas polinésias ou expostos ao sol, previamente protegidos por óculos escuros e bronzeadores com filtro solar, os banhistas não pareciam notá-lo
haviam pago para ocupar sua pequena parcela de felicidade litorânea uma assinatura semanal ou mensal a preços inacessíveis para a maioria de seus compatriotas
(esses turistas de mapa e mochila, diziam com um muxoxo depreciativo)
ou, como alguns privilegiados, uma assinatura para a temporada, tão valiosa e invejável para o comum dos mortais quanto a assinatura completa para o repertório anual do Scala

(uma economia formidável segundo a senhora ao lado, assídua, havia anos, daquele estabelecimento freqüentado apenas por gente conhecida, e onde a aglomeração, em vez de causar incomodidade física e olfativa como nos ônibus e no metrô, criava ao contrário entre seus freqüentadores um agradável frisson de deliciosa solidariedade) e que lhes permitia sorrir bondosos e cúmplices quando alguma criança nua armada de pá e cubos incomodava os vizinhos com seus castelos de areia

oh, ce n'est rien, laissez-le s'amuser, il est tellement charmant!

perplexos todos diante do mimoso rebento ilustrador das virtudes promovidas pela ubíqua publicidade televisiva em matéria de alimentação infantil equilibrada, roupas de banho, xampus proteínicos e jogos de praia

ninguém exibia seus gostos plebeus com a estridência cacofônica dos transistores, os casais se isolavam musicalmente com seus mini-walkmen enquanto sorviam com canudinhos borbulhantes e deliciosas bebidas geladas e trocavam olhares de sonolência ou felicidade munidos da parafernália de fixadores, leites hidratantes, bálsamos rejuvenescedores, cremes anti-rugas e regeneradores capilares adequados à gloriosa canícula do dia

(também os cachorrinhos latindo, brincalhões, com a lingüinha de fora, corriam pela beira do mar e rolavam na areia, encorajados pela condescendência de seus donos, competindo entre si em nobreza de raça e puríssimo pedigree)

de vez em quando, alguma jovem mamãe de peitos empinados e apetitosos cumpria o ritual de repreender meigamente seu cachorro, beijocava o focinho do lulu, escovava e penteava seus pêlos arrepiados pelo vento, desdobrava-se em conselhos de prudência e bom senso aos quais o risonho destinatário respondia com ágeis lambidas, numa cena de candura e espontaneidade destina-

da a mostrar para a galeria as graças e virtudes amorosas da interessada, a criatura de basta cabeleira dourada e mamilos duros, de sugestiva e convidativa sucção
um dia de verão como os outros, exatamente como os outros, naquele lugar isolado do bronzeado barato da plebe por um pessoal hábil e aguerrido na vigilância de entradas e de passagens fronteiriças, afável e prestativo com os figurões e de excludente rigor com os curiosos e intrusos, esta é uma praia particular, não viram a tabuleta? aqui só entram os sócios e os assinantes, se querem se banhar de graça vão para o outro lado do morro, ali estarão entre os seus!
felicidade estival, pura felicidade estival, letargia substanciosa do pós-sesta, modorra coletiva, compartilhada bem-aventurança de sossegados casais que, embora despojados de roupas e peças identificatórias, resplandeciam porém nas marcas diferenciais, bolsas, chapéus, jóias, crianças, cachorrinhos, como outros tantos símbolos de seu elevado status
(yuppies
burgueses
proprietários rurais
mafiosos de capital lavado e alvo
traficantes de armas
contrabandistas de gabarito
funcionários e chefes da OTAN
um arquiduque louro e roliço)
num dolce far niente dissipador, que os embalava e adormecia
senão, como explicar que ninguém percebera antes a proximidade inquietante, ameaçadora e maciça do navio? seu enorme volume arribara na praia arriscando-se a encalhar e emborcar os camarotes de luxo junto da piscina, e na ponte de comando oficiais engalanados escrutavam o litoral com seus binóculos, outros dirigiam as manobras

da tripulação para imobilizar o navio, o aspecto insólito da cena e a rigidez de papelão do transatlântico maravilhavam e confundiam, por que haviam ancorado naquela praia, exatamente naquela praia em vez de atracar no porto próximo ou prosseguir serenamente a travessia? era para fazê-los desfrutar da magnificência do espetáculo ou será que escondiam intenções más e secretas?
quase todos haviam voltado para os colchonetes e examinavam com surpresa e apreensão partilhadas o perfil barrigudo do transatlântico crivado de remelentos olhos-de-boi e de janelonas, escadinhas, mastros, botes de salvamento em torno dos quais parecia amontoar-se de repente uma estranha e tagarela multidão
algumas amazonas haviam corrido até a beira do mar abraçadas em seus pirralhos e cachorrinhos, de óculos escuros levantados na testa como as atrizes das telenovelas do momento ou seguindo as sagazes instruções das pitonisas de *Marie Claire*, shortinhos triangulares colados no pêlo púbico, barrigas acobreadas, peitos graciosos, cabelos sabiamente despenteados, saudando com columbina inocência a correria digna de insetos da multidão masculina ao redor dos botes salva-vidas e nos conveses superiores do barco-maquete, o clamor cada vez mais audível da massa de metecos impacientes, deslumbrados com a visão mirífica do Éden, essa remota e inacessível Terra Prometida entrevista até então pelo olho de ciclope, pletora, exuberância, riqueza, conforme mostrava a plana e bem varrida praia repleta de gente sofisticada e bonita, extasiados em face da proximidade de tantas criaturas luminosas depois de uma vida inteira de feiúra, sacrifícios, privação e miséria
os oficiais tratavam de impor um semblante de ordem no ímpeto feroz dos candidatos aos botes de desembarque, correra o rumor de terra à vista e eles emergiam a granel

das entranhas do barco por esconderijos e escotilhas, extenuados, hirtos, angustiados, agarrados uns aos outros, animando-se mutuamente com seus gritos, a carga nas lanchas era obviamente excessiva, mas nenhum se conformava em sair do lugar conquistado com tanto empenho e ardor, novos candidatos ainda saltavam em plena manobra de descida e se agarravam nas cordas, aos cachos, os mais impacientes jogavam-se direto no mar com bóias e coletes flutuantes ou mergulhavam de cabeça com as narinas tapadas, confiando a sorte ao destino

sabiam ao menos nadar?

ninguém podia garantir, tamanha era a valentia e a rapidez com que se lançavam n'água, com a ajuda de binóculos podia-se avistar aquela gesticulação furiosa, a desajeitada tentativa de subir nos botes superlotados sob pena de emborcá-los, as mãos estendidas e rejeitadas, a ajuda generosa dos mais hábeis para aqueles que abriam a boca desesperadamente com os pulmões cheios d'água, o transatlântico esvaziava sem trégua sua carga humana e os que estavam em cima forçavam aos socos a conquista dos últimos lugares, não restava outra saída aos demais (dúzias, centenas?) a não ser saltar pelo parapeito, em grupo ou por unidades, como aqueles náufragos do *Titanic* reproduzidos nas gravuras ilustrativas dos livros e dos álbuns

o espetáculo do navio barrigudo e cetáceo (rodeado de frágeis barquinhos e enxames de nadadores que, como um cardume de peixes agarrado nas redes de uma pescaria, agitavam a superfície da água com bruscas rabanadas e produziam um ruído semelhante à ebulição) era tão absurdo quanto assustador

quem seriam aqueles indivíduos grosseiros e broncos, gesticulantes, alucinados, que, com insuspeita energia, remavam e convergiam para a praia?

alguém soltou um grito de alarme

os albaneses!!

e foi o pânico no refúgio daquela gente bonita e seleta, entre os casais sonolentos por causa do calor estival e do torpor da sesta, as mamães trataram de buscar seus filhos e cachorros na beira do mar, os homens improvisavam conciliábulos febris sem saber que medida adotar ante aquela situação de emergência, até os administradores do balneário e os garçons do bar pareciam perdidos, como enfrentar e deter a flotilha de botes abarrotados e de nadadores que se aproximavam da praia em cardume?, a direção do estabelecimento não havia previsto tal eventualidade e inclusive não tinha armas de fogo, a prudência aconselhava a retirada e alguns mafiosos mais tarimbados em lidar com apuros desse tipo já se desabalavam para a saída com suas famílias e bens, decididos a se pôr e os pôr a salvo da inconcebível maré de bárbaros enquanto a maioria dos clientes aguardava com manso fatalismo a chegada maciça dos galeotes, desses homenzinhos desgrenhados de calças surradas ou calções até o meio da perna que acentuavam a cada movimento de remos a nitidez de seus peitos mirrados e costelas magras, sobrancelhas grossas, rostos barbados, olhos candentes de inextinguível fulgor

alguns não podiam resistir à atração da nova Judéia e mergulhavam dos botes para chegar mais depressa à beira d'água, nadavam estrepitosos e enérgicos, com suas cabeças flutuantes cada vez mais próximas, encorajados pela sensação de calor e amizade, até os paladinos do bem-estar e da livre empresa, iguais, iguaizinhos aos que haviam contemplado, hipnotizados, no anúncio da televisão e nos seriados passados no Texas, o paraíso, o paraíso enfim, tangível e concreto!

o primeiro a chegar beijou a areia em ato de fervorosa homenagem a uma terra hospitaleira e fraterna, caiu de joelhos diante de uma jovem mamãe e cortejou-a ou a abençoou em sua língua enrolada, tentava conquistar sua simpatia e benevolência, mirava com olhos amorosos a linda criatura que ela carregava nos braços e, sem desanimar com sua frieza de estátua, queria confraternizar com o cãozinho fraldiqueiro, pequinês furibundo encarando raivoso o intruso, sabedor, graças a uma educação esmerada, que ele não pertencia, nem de longe, à classe de sua dona e que lhe faltava a imprescindível marca de uma grande fortuna ou prestígio, paulatinamente frenético com a insistência do indivíduo ajoelhado em adulá-lo com estalar de dedos e agrados, encrespado e rosnando, mostrando ferozmente seus caninos, numa autêntica crise de histeria que o recém-chegado não entendia nem podia entender por causa do próprio êxtase, atordoado, feliz, sorridente, patético, implorando com os braços em cruz por um gesto de simpatia, com os olhos grudados na tanga triangular da deusa de pedra, na sua gruta ou santuário coberto de modo dissuasivo e preciso

a praia havia se enchido de albaneses de roupas encharcadas e rostos hircinos, alguns sorriam e beijavam o chão, aproximavam-se das famílias horrorizadas e buscavam uma relação tangencial, semiológica, com crianças e cachorros, incapazes de captar em sua euforia o cenho franzido e o olhar de desaprovação daqueles corpos bem alimentados e esbeltos, consumidores da quantidade exata de proteínas correspondentes a altura e peso, surpreendidos pela fuga precipitada dos mais espertos e pelos insultos e vozes do pessoal do balneário, impotente e desesperado por causa deles, uma situação incontrolável e obviamente explosiva, uma calamidade, gaguejavam, realmente inacreditável

quando chegariam as forças policiais, prevenidas por telefone pelo dono?

os banhistas apuravam o ouvido ao escutar sirenes e suspiraram de alívio quando essas adquiriram uma consonância e um volume ensurdecedores, aquilo era uma inva-

são, nem mais nem menos do que uma invasão e o Estado devia tomar imediatamente medidas defensivas, proteger seus cidadãos, encarcerar, deter e expulsar a chusma de esfarrapados, para isso existiam as leis e os estatutos da Europa comunitária ou será que não passavam de letra morta e feitos só para impressionar?
(o homem que se esganiçava era um respeitável exportador de armas enriquecido com a providencial explosão das crises balcânicas)
mas os albaneses não pareciam se dar conta do perigo e insistiam em tentativas vãs de confraternização com famílias, mamães, filhinhos e cachorros, sorriam como bobalhões para os que censuravam seu comportamento incivilizado, gesticulavam, lançavam olhares de implorante desejo para o balcão repleto de refrescos e sanduíches, estavam há três dias submetidos a uma mísera dieta, exigiam com os olhos comida e assistência, sem se atrever a tocar nem com a ponta dos dedos no tentador sortimento do estabelecimento, suplicando ao extremo, com gestos expressivos e humildes, um copo d'água para matar a sede que os consumia
a invasão de policiais com cassetetes e capacetes deixou-os literalmente perplexos
vinham cuidar deles e levá-los para os centros de acolhimento e ajuda instalados para os refugiados?
alguns correram a seu encontro de braços abertos, mas o rosto severo e a rigidez dos uniformizados os fizeram desistir do entusiasmo e manter-se agrupados no seu devido lugar com visível desconcerto, queriam explicar sua odisséia e apontavam para o transatlântico em que viajaram amontoados vindo do país dos ídolos e falsos profetas, ao que parece diziam disparates sobre o comunismo e exibiam medalhões com a efígie do Leão do Deserto, confundiam talvez a costa adriática com os ranchos de Dallas, suas noções geográficas eram obscuras, um tirara da

cueca a fotocópia molhada de um dólar e repetia um quase indecifrável God bless America!

para grande alívio dos presentes deixaram-se conduzir mansamente até os caminhões, os policiais e militares haviam desistido do uso da força e os mandavam formar filas para escoltá-los até a área de estacionamento para onde convergiam barulhentos veículos do exército, calma, um pouco de calma!, exigia um tradutor com a ajuda de um megafone, logo disporiam de teto e comida, obteriam o estatuto de refugiados, gozariam do direito de conseguir com entusiasmo e trabalho todos os bens que acabavam de vislumbrar na praia particular, poderiam pedir vistos e instalar-se no Texas, doces promessas, de mel cor-de-rosa, com as quais os embaíam e os tranqüilizavam

os mais desconfiados e espertos pretenderam escapulir e fugir, mas empregados do balneário e pater-familias valentões os agarravam pelas roupas puídas e os detinham furiosos até a chegada dos agentes

só o arquiduque se interessava por eles, vestira suas carnes abundantes e fofas com um suntuoso albornoz de dragona imperial e atraía dois moços, que embora magros não eram menos fortes, ao santuário da sua barraca, que ninguém me toque neles, avisava, já são meus e vão dedicar-se desde hoje ao meu egrégio serviço, enquanto os cobria com o manto do poder e olhava gulosamente para suas úmidas braguilhas, como que tratando de calcular a olho seus atributos, o volume normal e a capacidade extensiva de seus pênis

um travelling magistral das filas de albaneses custodiados por policiais e soldados até os caminhões e camburões ainda mostrava caras sorridentes e exaustas, mãos fazendo ridículos vês de vitória, senhoras maduras com seus frascos de sais, banhistas maledicentes, cãezinhos fraldiqueiros à beira do paroxismo, mamães juvenis retrospectivamente excitadas pela aventura, até centrar-se, com cal-

culada morosidade, no trio composto pelo arquiduque e seus protegidos
close-up final de um rosto bochechudo e seráfico, olhos saltados e azuis, que se lambe e pisca para a câmara como uma espevitada e debochada Betty Boop.

Eta, confusão! Seqüências desordenadas de um filme de Fellini e reportagem ao vivo, do porto de Bari, de um ferry repleto de fugitivos albaneses!
o zapping convulsivo de Tussy, sua inveterada mania de apertar o controle remoto misturava imagens, embaralhava planos, passava do sofisticado transatlântico reconstruído nos estúdios de Cinecittà ao barco enferrujado e maltratado com alegre e exultante carga humana, Jenny tentara ralhar com ela, como de costume, decida-se de uma vez, por favor, assim você não deixa ver uma coisa nem outra! mas Tussy não se dava por achada, trancada no silêncio hostil da puberdade ou de uma misteriosa desilusão pessoal, com sua cara de lua cheia e expressão de voluntária ausência
(como você quer que eu ria num mundo desses?, dissera na véspera com gesto de desdém em resposta às críticas carinhosas da mãe)
não havia outro jeito senão armar-se de paciência e aguardar que a contrariedade passasse, nem Jennychen nem Laura nem o próprio pai conseguiam arrancá-la daquele intransponível mutismo, da desconfiança hostil de tudo que a cercava
a chegada de Mouro não resolveu o problema, Tussy não pôde evitar o beijo paterno mas logo escapuliu do aposento e foi para a rua sem se despedir enquanto ele colocava as obras de consulta em cima de uma pilha de manuscritos e jogava-se com gesto de infinito cansaço na poltrona ocupada por ela minutos antes, delicadamente abste-

ve-se de perguntar pelo jantar, a fiel Lenchen agitava-se como sempre na cozinha e o cheiro de repolho cozido (concebeu a efêmera esperança de um apetitoso chucrute) começava a invadir a casa
você trabalhou bem? (Jenny)
como sempre
(visivelmente, a reserva e o jeito arisco de Tussy o contrariavam
evocava também a época em que a carregava nos ombros e ela punha flores no seu cabelo e dizia extasiada, corre, corre, cavalinho, me leva ao parque?)
Jenny afinal pegou o controle remoto e apertou o botão de seu canal preferido de notícias
(Lenchen fez uma breve e discreta aparição
faltaria algo?
cochichou ao ouvido de Jenny e esta pegou o porta-níqueis e lhe entregou uma moeda de dois pence)
olhe! os desertores do paraíso!
(dizia-o ex-professo, sabendo que fazia meses que se refugiava na solidão de seus livros e evitava sempre que possível as reportagens exultantes da televisão e as manchetes escandalosas dos jornais?)
a câmara mostrava um plano geral do porto, com centenas de homens amontoados nos cais, mexendo-se e agitando-se sob um sol implacável
a maioria vestia uma simples cueca e cobria a cabeça com um trapo ou um lenço, alguns apresentavam um pitoresco aspecto de piratas com suas vendas caídas até as sobrancelhas e barbas cerradas, haviam-nos encarcerado ali por engano depois de ter alimentado suas esperanças com promessas de asilo e de vistos, estavam cercados por um cordão de militares armados até os dentes e vários helicópteros passavam em vôo rasante com o intuito de intimidá-los, o sonho longamente afagado desfizera-se pela ação combinada do Grupo Especial de Operações e pe-

los alto-falantes com recomendações gritadas, tinham-nos despojado um por um de suas navalhas, colherinhas, tesouras e de todos os objetos que pudessem ser considerados perigosos e havia dias que aguardavam o maldito barco que devia devolvê-los ao ponto de partida depois de sua aventura frustrada em meio ao estrondo das hélices e de seu próprio e ensurdecedor vozerio, de vez em quando atiravam-lhes víveres e garrafões d'água provocando sempre brigas e violências, só os mais fortes e ágeis apoderavam-se do magro butim e os outros continuavam suarentos e famintos, esvaindo-se de dor e em lágrimas, outros pareciam tontos e vagavam sem rumo com sorriso perdido, esboçavam inúteis gestos de súplica, mijavam ou defecavam indiferentes às reclamações dos vizinhos, o clamor da reclusão aumentava de hora em hora com o calor, o mau cheiro e as rixas provocadas pela distribuição de comida, o filme reproduzia os acessos de desespero dos que se arriscavam a pedir explicações aos guardas por que nos tratam assim? não somos seres como os outros?, vi na televisão que vocês dão comida para os seus gatos com colherinhas de prata!
corpos e corpos esquálidos, bronzeados e tostados pelo sol, de olhar cego e órbitas fundas, movimentos de animais selvagens e encurralados, sem se resignar ainda com o inevitável, com a inflexível lei que os excluía, como aos judeus ou bósnios destinados a algum futuro holocausto, velhas histórias do Mediterrâneo fértil em perseguições, matanças, dogmas fanáticos e opressivos, expulsões maciças cuidadosamente planejadas, Mediterrâneo!, Mediterrâneo!, grande mãe universal, semente e berço da civilização!, padrão de beleza e arte clássicas!, crisol de culturas!, e, não obstante, alheio e cruel, Mare Vostrum, local de guerras, cruzadas, extermínio de populações inteiras, espadas com as pontas em cruzes, bênção eclesiástica a cau-

dilhos de mãos sangrentas, tiranos divinizados em estátuas e livros, perscrutadores de linhagens e limpezas étnicas, todo esse magma de horror e lixo acumulado em sua bacia durante séculos e séculos!
(quem teria soltado o verbo?)
e a câmara reproduzia em planos curtos, em rajadas, o cais coberto de merda, papéis, resíduos diversos, sacolas da Cáritas enquanto os últimos invasores eram embarcados à força para o transbordo, levados arrastados ou aos trambolhões até a escada, expulsos, exaustos, furiosos, clamando vingança, abatidos ou exigindo uma passagem para Dallas, em cumprimento à fria e calculada decisão dos representantes dessa sociedade entrevista por eles sob as barracas e sobre os colchonetes da praia privada, paraíso de corpos bem nutridos e atléticos, mamães de peitos audaciosos e eretos, cachorros e crianças arteiras, toda a abundância e o requinte de deuses que, agarrados à amurada do ferry, eles contemplam, contemplam ainda com hipnotizada fixação, sufocados pela dor, com a vista turva como dizia o apresentador do programa, quem é que se importava com as lágrimas de um albanês e com seu retorno forçado e com os escombros de sua demente utopia? para ficar de consciência tranqüila e manifestar seu pesar por aquela rigorosa mas necessária operação profilática, iriam também contratar todos os divos e divas do Scala para consolar com sua arte os angustiados passageiros do barco de transbordo?
Tussy não estava ali para apertar o botão e alegrar a vista e os ouvidos com a versão felliniana da segunda cena do terceiro ato de *Nabucco*

Oh, mia patria sì bella e perduta!
Oh, remembranza sì cara e fatal!

o ilustre casal de exilados de Tréveros mantinha-se em silêncio com o olhar perdido nas derradeiras imagens do ferry e na tela já cega da televisão

* * *

Aquilo se chamava chover no molhado!
fazia meses, primeiro com surpresa, depois com rubor, por fim com consternação, que haviam assistido pela televisão e pelas manchetes da imprensa exibida nas bancas de jornais ao desmantelamento dos sistemas supostamente fundados no pensamento dele, a queda de muros e de torres de vigilância, explosões de júbilo de gente que os pontífices da inteligência londrina definiam como cobaias do seu laboratório sinistro, a assombrosa metamorfose de empedernidos doutrinários em traficantes e beneficiários da panacéia universal da privatização
oportunamente começaram a queima de seus retratos e efígies, a derrubada clamorosa de estátuas
amarravam-nas com cabos aos mesmos tratores que anos atrás simbolizavam nos quadros e afrescos murais de convertidos e camponeses as vitórias fulgurantes do socialismo, e após uma longa espera, destinada a permitir aos voluntários a escavação dos alicerces do pedestal, derrubavam todo o peso da plúmbea e gigantesca massa em meio aos gritos de vitória da multidão
com trinta e muitos anos de atraso, a Trimúrti do socialismo científico tinha a mesma sina que seu esperto e bigodudo descendente!
já não os chamavam, ironicamente, de Camarilha dos Quatro?
(inclusive um jornalista espirituoso alcançou momentânea notoriedade chamando Engels de "a nova viúva de Mao"
nesse dia, Laura não pôde conter a raiva, caiu em soluços e saiu do quarto batendo a porta)
onde ficava o dies irae que desmantelaria por completo a indústria européia, asfixiaria seus mercados, arruinaria as classes proprietárias, causaria a bancarrota total da burguesia?

a brusca aceleração da história não se havia dado ironicamente contra ele?
se o comunismo deveria ser a última fase da epopéia humana, se o materialismo era justo e se a doutrina do valor trabalho ocultava astutamente a da utilidade final, como explicar o incrível e brutal salto atrás?
de que maneira interpretar, à luz do ocorrido, essa história de que a arma da crítica não pode substituir a crítica das armas, de que a força material deve ser esmagada pela força material, mas de que a teoria também se transforma em força material quando se apodera das massas?
a aplicação perversa e distorcida das doutrinas dele para restaurar a idolatria czarista e os atributos de poder mais execráveis do velho despotismo asiático o obrigara a se calar durante décadas, embalsamado em vida por aqueles que haviam suprimido a cruel exploração da burguesia e governavam em nome da ciência e do pensamento correto
o que ele podia fazer, o mísero exilado de Dean Street, contra a todo-poderosa máquina autoritária e a força propagandística de uma superpotência?
Jenny, que suportara estoicamente todas as tribulações e a precariedade de sua existência nômade, poderia agüentar, como se não bastasse, o descrédito de seu sistema e a perda de seu status?
como proclamavam em coro os arautos do livre mercado, a obra dele já era um amontoado de ruínas e nenhum camelô se oferecia para comprá-la a preços de liquidação!

Como no dia em que irrompeu nos aposentos do bispo Policarpo, entoando um hino sacro com bela voz de baixo a fim de convencê-lo de seu apego aos velhos ritos, de se deixar humildemente catequizar por ele e de convertê-lo pouco a pouco, à medida que ganhava sua confiança, às razões de sua própria causa, a espontaneidade destrutivo-criadora das massas, assim ele surgira pela última porta do último vagão do metrô da linha 4, entre Porte de Clignancourt e Porte d'Orléans, na plataforma da Gare du Nord, uma vez passadas a pressa, o empurra-empurra e as cotoveladas das horas do rush, quando os usuários, dispersos nos bancos, liam o jornal, consultavam a lista dos cavalos favoritos para as corridas da tarde, faziam palavras cruzadas, olhavam para o chão ou se observavam mutuamente com neutralidade bovina, com a altura com que sempre se impunha à platéia aumentada agora pela cartola, o impecável cilindro de feltro preto elegantemente ajeitado sobre a vistosa cabeleira, a cascata de cachos sabiamente orquestrada em leonina e vibrante partitura romântica, emoldurando seu rosto debochado de rematado tribuno ou ator, de pupilas maliciosas, marotas

(com esse brilho trêmulo do raio de luz que fere o olho do manancial na umbria, realçado mais ainda na órbita esquerda por um monóculo de oficial prussiano em cuja superfície as luzes do vagão bruxuleavam misteriosamente)

seus gestos enérgicos, falsamente rudes, do habituado em exaltar os fervores da ágora, prótese dentária bem encaixada e nívea, queixo e barba presos por um colarinho branco e duro de ponta virada, plastrom engomado, sobrecasaca aberta em cima de colete cinza-pérola com botões incrustados de diamante e correntinhas de ouro semelhantes às dos burgueses benfeitores das pinturas flamengas, ventre côncavo de indisfarçável prepotência, fraque de abas compridas de luto solene ou funérea tristeza, calças escuras de impecável riscado, botinas, enfim, lustrosas e envernizadas, predispunham ao nirvana mental e à prostração contemplativa

suas mãos grandes, peludas, tratadas com esmero por manicuras, luziam anéis de ouro com displicente volubilidade

senhoras e senhores!
(limpou a garganta)
permitam-me que me apresente em poucas palavras!
(demorou uns instantes, para assegurar-se de que os olhares de todos os passageiros convergiam para sua pessoa)
sou dono de uma poderosíssima multinacional
(pausa)
rico, muito rico
(pausa)
imensamente rico
(nova pausa e suspiro)
possuo latifúndios e ranchos em diversos estados da América do Norte, imóveis e apartamentos em Nova York, Roma e Buenos Aires, palacetes de veraneio em Montecarlo, Capri e Marbella, uma frota especial de aviões e iates, sou sócio de magnatas libaneses e petro-xeques árabes, dirijo consórcios e holdings instalados em distantes paraísos fiscais, compro e vendo na bolsa e especulo no mercado negro, sou mestre no tráfico de influências, na fuga de capitais e na evasão fiscal, lavo o dinheiro de meus amigos traficantes, forneço armamentos a croatas e sérvios, tâmules e cingaleses, curdos e armênios, aproveito a mão-de-obra submissa e barata para criar empresas rentáveis nos países do Néscio Mundo e, desde a derrubada desse sistema detestável fabricado na URSS e nos países-satélites segundo as normas de meu inimigo mortal, sou o grande promotor da livre empresa em seus arruinados domínios e compro a preço de banana ferrovias, jornais, fábricas, cidades inteiras com a mesma facilidade e proveito que aquele personagem de atividades múltiplas e interesses diversos, capaz de fumar um charuto de contrabando bem diante do nariz dos guardas alfandegários, retratado por meu boníssimo e insigne amigo mister Dickens!
(enquanto percorria com os olhos a hipnotizada platéia do vagão, verificou que ninguém desceu na parada seguin-

te, como se os passageiros tivessem unanimemente esquecido para onde iam
outros passageiros entravam e engrossavam a cada estação o número recolhido e silencioso dos admiradores)
fazer a lista completa de meus bens seria fastidioso e interminável, a última edição do *Who's who* dedica-me um suplemento especial de umas vinte páginas e na conjuntura atual do mercado, aberta a iniciativas de todo tipo, meu caudal, senhoras e senhores, cresce dia a dia!
(tirou um lenço de linho do bolso para enxugar o suor e esperou que fechassem as portas do vagão)
mas não me basta!
(o vagão recebera novos e variados passageiros em Strasbourg Saint-Denis e ele os examinava com ar satisfeito)
não, não me basta!
(já não falava, gritava)
não me interessa saber que a renda global de meus bens me proporciona seiscentos dólares por minuto!, sou voraz, necessito mais!, a sofreguidão pelo que não possuo atormenta-me dia e noite, por isso vim aqui, solicitar-lhes ajuda para ser ainda mais rico, quem dispuser de cem francos, cem francos!, quem só tiver cinco, pois bem, cinco!, um gesto de generosidade, por pequeno que seja, aumentará meu capital e saciará momentaneamente minha avidez onívora!
(parou para contemplar o efeito de suas palavras, buscando aplausos e aprovação, mas todos pareciam estar seguindo um tratamento de mesmerismo e continuavam perplexos e rígidos)
cooperem com orgulho e entusiasmo para tornar-me mais endinheirado do que sou!, depositem seu óbolo em minha mão estendida e fraterna!, de preferência notas, e, se não, moedas, qualquer quantia, inclusive modesta, contribuirá, nem que seja numa bilionésima parte, para garantir minha presença no Olimpo dos Cresos adorados em

suas revistas, não se finjam de surdos, cegos nem mudos, não se esquivem!, pensem que o dom repercutirá na glória de minha pessoa, e, indiretamente, na dos senhores, olhem-me direto nos olhos!, se não estiverem numa próspera situação pessoal, contento-me com a menor oferenda!, imitem esse honesto imigrante africano que colabora humildemente para o meu esplendor com um franco simbólico!, façam como ele, senhoras e senhores, dêem-me a nota ou a moeda menores de sua carteira ou porta-níqueis!, ainda que os tempos sejam duros e o futuro incerto, raspem bem o fundo dos bolsos!

Uma vizinha de Jennychen havia lhe contado, de volta a Argenteuil, viajava no mesmo vagão e desceu com ele na plataforma de Châtelet, não tinha nada de específico para fazer e seguiu-o por corredores, escadas e esteiras rolantes a prudente distância, sua alta e vistosa figura atraía os olhares, ele saudava os passageiros que avançavam em sentido contrário com amáveis toques de chapéu e gesticulações de candidato à cata de votos, desfrutava da surpresa e da admiração, divertia-se o tempo todo, tirara do bolso medalhas e condecorações como um prestidigitador e com elas enfeitava as lapelas do fraque, de vez em quando entoava árias de ópera, não só de seu compatriota Mussorgski mas também de Verdi e Bizet, ao descer na plataforma da linha 1, direção Vincennes, topou com um grupo numeroso de paquistaneses e indianos e juntou-se a eles entoando a ária de *Nabucco* com toda a dramaticidade e a galhardia que a ocasião impunha, Va, pensiero, sulle ali dorate, denúncia solene da opressão, elogio ardente à liberdade, hino de esperança luminosa e salvadora, enquanto passava o pires e os espoliava de suas mirradas economias, prorrompia em gargalhadas debochadas e despedia-se deles, ao subir no vagão do trem recém-chegado, dando uma banana taxativa e definitiva dando uma banana? (Jennychen)

é, é isso mesmo que você está ouvindo, tudo era uma provocação, repetiu seu discurso no vagão colorindo-o com novas e detestáveis fanfarronices, exploração do trabalho infantil, tráfico de brancas, recepções suntuosas da grãfinagem, amizades com todo o beautiful people, suas aventuras de cavaleiro andante da especulação, paladino da empresa livre de entraves, a malta o escutava alucinada, em denso e eletrizado silêncio, como a um deus ou demiurgo condescendentemente baixado do céu, sublime em toda a sua sublimidade, dono de suas vidas e economias, pedindo-lhes dinheiro, todo o dinheiro deles a fim de enriquecer mais, chupar mais umas gotinhas de seu sangue, todos deviam orgulhar-se de sua condição de doadores, de participar com seu pecúlio de tão inebriante empresa, ele lhes prometia a Graça, a sua Graça, uma mirífica recompensa ultraterrena, exibindo um após outro seus dotes poliglotas, prodigando bênçãos em meia dúzia de línguas, surrupiando com doçura cardinalícia as economias dos mais relapsos e desconfiados, não era fácil resumir seu discurso, soltava um veloz turbilhão de palavras, expressões latinas, súplicas, jaculatórias intercaladas por breves silêncios, parecia aguardar uma salva de palmas e apontava para imaginários inimigos, o Bundesbank demolira o edifício do porta-voz do proletariado e os yuppies de Chicago ocupavam os últimos bastiões da enganosa doutrina, era o retorno às sábias leis da natureza, ao poder dos mais espertos, ardilosos e fortes, ao homo homini lupus!, e quando se dispunha a descer do vagão, com o fruto da substanciosa coleta, exibia de repente, como pirotecnia final, a furiosa tabuleta de despedida

HÁ QUE DEDICAR TODOS OS MEIOS
A AGRAVAR E ALASTRAR OS SOFRIMENTOS
E MISÉRIAS QUE DEVEM EMPURRAR OS
POVOS PARA UMA REVOLTA GERAL

tinha certeza da citação? (Jennychen)
tinha, claro que tinha, tomara a precaução de anotá-la enquanto corria atrás dele pelo labirinto subterrâneo de desníveis e baldeações da estação da Bastille
então era ele, não há a menor dúvida que era ele, com suas eternas brincadeiras conspiratórias à Weitling, Gottschalk, Willich, carbonários, proudhonianos, blanquistas! (Jennychen)
espere, deixe eu lhe contar, ainda não disse tudo, o que se segue é realmente inacreditável, ele foi ao banheiro e um instante depois saiu transformado, como se ali um cúmplice tivesse ficado com sua roupa e lhe arrumado outra, a de um palhaço fantasiado de cantor de ópera, com gorro de plumas, gibão, capa de marta zibelina e botas de meio cano, que agora cantava a plenos pulmões, acompanhado pela música de um gravador escondido

Oh, sorgete angosciati fratelli,
sul mio labbro favella il Signor!
Del futuro nel buio discerno...
ecco rotta l'indigna catena!
Piomba già sulla perfida arena
del leone di Giuda il furor!

e, ao final desse recitativo heróico, rodeado como sempre por um público seduzido, puxou num piscar de olhos uma carteira de inspetor de polícia e procedeu ao controle de identidade dos metecos, vejamos, documentos!, tuteava-os de modo vulgar e agressivo, com o ódio do recém-naturalizado que se vinga do próprio passado e exulta em humilhar seus irmãos de infortúnio, carteira de residente, carteira de trabalho, contracheque, recibo recente do aluguel, conta de gás ou luz que provem que vocês não mudaram de casa!, você aí, garotão!, desde quando veio roubar o trabalho da gente honrada deste país?, você, sim, Charles Martel, o Beiçudo, tudo em ordem?, bem, muito bem, mas não confie nem pense que nossa paciência será eterna, o povo já não agüenta a invasão de vocês, a hospitalidade tem limites!, e para um que deixava passar, resmungando e com ares de valentão, encurralava uma meia dúzia com um apito, ei, morenos, vocês aí!, de cara para a parede e mãos ao alto!, vou é revistar vocês até os ovos e confiscar navalhas e seringuinhas!, estamos de saco cheio de vadios, aidéticos e traficantes!, a multiplicação de vocês é um estigma para um país decente e civilizado!, vocês abusaram da nossa boa-fé!, são uns parasitas miseráveis!

E embora ela o tivesse deixado ali, em meio de uma turba que ouvia suas palavras sem protestar, talvez com cúmplice anuência, enojada pela torpeza e pela obscenidade do espetáculo, alguns conhecidos tinham lhe contado mais tarde as sucessivas provocações dele em République, vestido de zulu, ameaçando as moças com uma espécie de totem fálico, e na Gare de l'Est, disfarçado de Joana d'Arc, um indivíduo com turbante, gemia, tentara violentá-la, e mais uma vez em Barbès, Pigalle, Saint-Lazare, com novos trajes e discursos incendiários, excitando as paixões da plebe a fim de acender o estopim, o que nossos camaradas chamavam há trinta anos de salto qualitativo, ultrarevolucionário na forma mas reacionário no conteúdo, uma dessas brincadeiras do aristocrata sibarita que ele sempre foi, aproveitando-se do atual vazio de valores e de nosso passageiro descrédito para promover sua acracia utópica e pescar em águas turvas!

Quando chegou em casa, depois de passar o dia no Museu Britânico, tomando notas, mergulhado num oceano de livros, a família só falava daquilo, das andanças e caçoadas do Cavalheiro do Metrô, Jenny refugiara-se no quarto de dormir onde se empilhavam os jornais e manuscritos dele, junto da mesa cheia de xícaras de chá com as beiras lascadas, colherinhas sujas, tinteiros, castiçais, ca-

chimbos holandeses, cinzeiros repletos de guimbas
(a fiel Lenchen fora comprar fiado no ávido quitandeiro da esquina)
ela repousava na poltrona desocupada depois de ter-lhe cerzido as meias, com a ajuda do ovo de madeira, o único ovo que, como às vezes dizia com humor, nunca faltava em casa, deixou-se beijar na testa e nas faces sem perder um pingo de sua compostura, protetora e maternal como uma galinha choca que vigia de rabo do olho a agitação pipilante dos pintinhos, toma mais um gole de chá, cisca as migalhas de um bolinho como se fossem grãozinhos de alpiste
ouviu?
(examina-o serena e orgulhosa, por cima dos óculos, refugiada na certeza de alguma intuição ou descoberta, de ter chegado ao xis do problema, como se acabasse de botar um ovo)
alguém meteu um vírus no seu sistema de pensamento!
(falava devagar, como que saboreando o efeito das próprias palavras
visivelmente andava ruminando o assunto desde que Jennychen, excitada, voltara para casa com a história)
uma operação de sabotagem perfeitamente sincronizada!
(concedeu-lhe um minuto de trégua, para que enchesse o fornilho do cachimbo com o tabaco recém-chegado de Manchester)
o certo é que deixou de funcionar de repente e em todos os lugares! a que causa atribuir um enguiço tão extraordinário senão à intrusão de um vírus informático?
talvez como mera hipótese de trabalho
(ela o interrompeu)
o seu sistema é científico, pertence ao campo das ciências cognoscíveis como as matemáticas ou a física, eu mesma, como boa secretária, copiei-o ao passar a limpo seus manuscritos!

a formulação não é exata, mas
não falo de frases, mas de idéias! durante décadas foi o ponto de referência dos governos de quase meio mundo e de repente, sem nenhuma razão, parece ter-se bloqueado como essas calculadoras eletrônicas capazes de efetuar as operações mais abstrusas quando alguém as desprograma!
(parou, modesta e triunfante, cofiando as penas do pescoço, como que protegendo a idéia com as asas)
se estamos nos movendo no campo da ciência não há outra explicação, a não ser que
(levantou a cabeça, olhando-o fixamente, depois de dar uns goles de chá na xícara desbeiçada)
não pretenda agora, como os profetas que você tanto criticava, que escutou uma voz divina, que sua doutrina é Palavra Revelada!
(a fiel Lenchen voltou com a cesta de compras, na hora exata para aliviar a tensão, o quitandeiro ainda tinha lhe vendido fiado, mais uma vez estavam com a janta garantida)
eles sempre desfrutam do privilégio do mistério, e quando você acha que estão mortos, ressuscitam cheios de vida, mais viçosos do que no tempo em que os filósofos os enterraram, mas você atua sem rede, sua doutrina recusa a transcendência e deve provar na prática se é verdadeira ou falsa!
(os cacarejos de júbilo na sala vizinha os interromperam, a fiel Lenchen mostrava seus tesouros a Tussy e Laura)
não tenho a menor dúvida, alguém paralisou o sistema criado pelo seu pensamento! infiltrou habilmente nas suas premissas um veneno mortal!
que diabos você quer que seja?
(ela tomou mais um gole de chá)
quem mais, senão Ele? você não soube das provocações e das palhaçadas que ele fez nos vagões e nos corredores

do metrô?, ele imita Koppen e Bruno Bauer com seu stirnerianismo proudhoniano, está se vingando, com atos de anarquia individualista radical e inofensiva, de mais de um século de fracassos, de uma laboriosa inatividade à espera de uma Revolução na primeira esquina, de ter metido o nariz em Petersburgo, Barcelona e nas barricadas do Quartier Latin sem conseguir influir no curso dos acontecimentos apesar da demagogia e do palavrório, mas agora o jogo dele é infinitamente mais daninho e perverso!
(calou-se, com ênfase calculada, para deixar vagar o fantasma de uma conspiração secreta, nefasta)
alguém
a polícia czarista?
(ela não deu a menor bola para a irônica interrupção que ele fez)
facilitou-lhe o acesso ao programa central da sua doutrina!, cálculos de economistas e sociólogos, planos qüinqüenais, bancos de dados foram misteriosamente contagiados, o circuito de computadores do sistema parece ter enlouquecido, toda a obra da sua vida está vindo abaixo!
Mouro preferiu acender o cachimbo, responder com o silêncio, deixá-la fantasiar
(os pintinhos haviam se refugiado debaixo das asas da galinha choca como a própria mãe dele e as amigas burguesas de Tréveros, iriam repreendê-lo em coro pelo texto improdutivo de *O capital*?)

Mercadinho ideológico!
o tráfico começara na Porta de Brandenburgo, na esplanada defronte dos primeiros edifícios vetustos da vazia e decrépita Unter den Linden
(antiga terra de ninguém espreitada antes por curiosos e visitantes do alto das torres de vigilância expressamente construídas como finisterra do mundo livre)

quando ocorreu a um grupo de punks a idéia de vender aos colecionadores de souvenirs fragmentos do muro recém-demolido com grafites esotéricos e pinturas libertárias numa babel de línguas, todo viajante partia com um pedaço, relíquia do finado sistema, e voltava com ele para Tóquio, Madri, México ou Filadélfia e conservava-o numa vitrine como as famílias católicas e beatas do século XIX guardavam em porta-jóias e estojos de veludo uma lasca da Santa Cruz e até um bom pedaço dela, milagre multiplicador semelhante ao dos pães e dos peixes, do qual os alternativos e okupas também tiravam partido, logo seguidos por indivíduos da mais duvidosa origem, rutenos, ciganos, moldávios, lituanos, com sortidos mostruários expostos em mesinhas ou caixotes de embalagens cobertos de plástico

fotografias e bustos do par criador do socialismo científico, de Vladimir Illich e do bonachão Paizinho dos Povos

dólmãs, cintos, estrelas do glorioso e invicto Exército Vermelho

condecorações militares à venda ou para trocar

medalhas concedidas a heroínas e heróis do Trabalho

sputniks de latão

insígnias com o rosto de Gagárin

desenhos representativos do realismo imposto por Jdanov

ilustrações dos Planos Qüinqüenais

operárias e operários sorridentes num recém-inaugurado complexo petroquímico

estampas de escolas rurais nas quais meninas e meninos roliços impregnam-se dos saudáveis princípios do materialismo dialético

colcosianos felizes cuja mais-valia ninguém rouba

hagiografias de pioneiros investindo em novas e portentosas metas

toda uma mercadoria heterogênea vestígio do derrubado império, das ruínas patéticas de sua ideologia
escondida dele
(absorto como sempre em suas notas e consultas na sala de leitura do Museu Britânico)
Jenny presenciara, arrasada, sem outra companhia que não a da fiel Lenchen, à aparição de manifestantes no centro de Moscou brandindo as águias bicéfalas do czarismo enquanto na praça contígua ao Bolschoi jovens iracundos substituíam a última inscrição "Proletários de todos os países, uni-vos!", gravada no pedestal do busto do marido, por um humilhante "Perdoa-me!"
aquilo era só o começo
depois, nos dias que se seguiram, a televisão transmitira ao vivo imagens da venda de emblemas nas ruas de Petersburgo, as liquidações feitas em Sófia e Praga, a reportagem de dois enviados do Channel Four aos arredores do Grande Bazar de Istambul, invadidos de repente por hordas forasteiras
fugiam todos do futuro luminoso e promissor?
eram membros das classes trabalhadoras definitivamente emancipadas?
(Lenchen pôs os óculos para enxergar melhor)
junto de velhos turcos encolhidos atrás de suas balanças e de um sufista ancião e barbudo saído com sua flauta de uma romântica estampa otomana, bandos de biscateiros e camelôs com a pobreza orgulhosamente oculta dentro de camisetas de propaganda de marcas prestigiosas oferecem serviços e bens à massa fluida de pedestres
a câmara enfoca em seqüência

engraxates romenos com extravagantes chapéus Bonnie and Clyde
(em seu país eram médicos e advogados)
macedônios e bósnios com uísques de inquietante procedência balcânica

(fugiam das matanças e purificações étnicas programadas?)
ucranianos, russos, abcásios, com computadores primitivos, toscas e imprestáveis máquinas fotográficas, relógios de pulso made in URSS, despertadores gigantes concebidos para pôr em pé de guerra um regimento inteiro de cossacos, telefones de comunicação altamente improvável, bonequinhas grávidas e vaidosas, porquinhos de plástico evidentemente repudiados em recinto islâmico, pilhas de figurinos e desbotadas gravatas que pareciam fotocopiadas e inúteis até para estrangular o aparatchik de pescoço mais delicado, binóculos ordinários, velhas recordações do Trio ou Quarteto fundador, textos capitais de sua infalível doutrina, trastes e utensílios de manifesta inutilidade
valáquias de cabelos pintados de louro e de macacão esportivo que permitem aos passantes vislumbrar os tesouros escondidos em suas bolsas, arduamente conquistados, insinua o comentarista, graças aos seus ainda mais escondidos tesouros, na faina noturna dos hotéis e bares de Aksaray e Kumpaki

no fosso que rodeia a universidade
(onde anos atrás um aguerrido grupo de professores havia defendido remando contra a maré o corpus de idéias que devia redimir o proletariado de seus insuportáveis grilhões!)
alguém encostou latas vazias de Coca-Cola e Fanta no muro do recinto e aluga espingardas de ar comprimido para jovens que nelas treinam sua pontaria, do outro lado do parapeito, transformando o baluarte do saber num grotesco terreno de feira
moços investidos da glória portátil de um Levi Strauss (da Califórnia, não do Collège de France)
anunciam no peito e nas costas os novos luminares da cultura européia

Chanel
Saint-Laurent
Revlon
Hugo Boss
United Colors of Benetton!

o programa terminava com a imagem de um bufão (ainda ele?) mimando os trejeitos e as gesticulações de um tribuno careca e de barbicha sob os acordes da música de um aposentado gramofone a corda

seria possível?

era!

uma versão para dançar da Internacional!

contudo, os povos que amaldiçoavam a doutrina libertadora não demonstravam, como sussurrava Jenny ao ouvido da escandalizada Lenchen, que as formas econômicas segundo as quais os homens produziam, consumiam e se relacionavam obedeciam à inevitável transformação das circunstâncias sociais e históricas prevista por Mouro?

Conseqüência da conversa dele com Jenny ou da visão fugaz da afluência de fiéis à sinagoga, quando voltou do Museu Britânico?

seja como for, sonhou que levitava no céu dos profetas da religião de seus antepassados, rabinos famosos e professores de escolas talmúdicas, antes do estabelecimento do ramo paterno em Tréveros e do abandono acomodatício do judaísmo por parte de seu progenitor

(transformado em funcionário de Frederico Guilherme III após a atribuição à Prússia da terra renana, ante o dilema de renunciar ao ofício ou ao credo, Hirshel Marx optou pelo primeiro e fez-se batizar na Igreja protestante com o nome de Heinrich)

o espaço que percorria, leve, nublado, irreal, evocava-lhe o palco de um grande teatro, e sua rígida educação laica não lhe permitia decifrar corretamente os símbolos hebraicos, seu pai jamais lhe falara disso e ele se sentia como um intruso entre os bem-aventurados que o olhavam de soslaio com ar severo e se afastavam prudentemente, tratando de evitar qualquer contato com ele

divisou a estrela de Davi, uma cópia da Arca da Aliança, o candelabro de nove braços, o armário de madeira trabalhada no qual guardavam a Tora, os dois rolos paralelos com a Palavra Revelada forrados de veludo e enfeitados com fios de prata

uma multidão de rabinos e chantres, com suas roupas litúrgicas, gozavam de eterna beatitude, os rostos serenos voltados para o oriente

figurariam entre eles seus ancestrais, os piedosíssimos Joshua Heschel Lvov e Josef Ben Gerson Cohen?

pensou reconhecer, graças ao retrato pendurado no salão da casa onde passara a infância, o tio Samuel Marx, morto quando ele estava com oito anos

tio Samuel considerava-o com desdém, que estás fazendo aqui, parecia lhe dizer com o olhar

ao dedicar-se desde muito cedo ao estudo de Rousseau, Voltaire, Newton, Leibnitz e Lessing, menosprezando a fé e a tradição dos seus, o jovem Karl não se excluíra deliberadamente do desfrute da bem-aventurança?

nas esferas superiores do Éden, avistou em seus excelsos tronos ou nuvens os grandes profetas de Israel, absortos na contemplação de Adonai Yahvé, Supremo Criador de céus e terra

os nomes de Set, Enoch, Cainá, Noé, Nemrod voltaram pouco a pouco a sua memória como um colar de contas enfiadas

quando vislumbrou Abraão no alto de sua suntuosa guarita aérea, a recordação da viagem ao Egito com Sara, o filho gerado com a escrava Agar, o nascimento de Isaac concebido aos cem anos afloraram à luz de sua consciên-

cia com nitidez e exatidão
uma voz retumbante, como que transmitida por alto-falante ou megafone, o assustou
Abraão: que vejo? quem meus olhos descobrem? esse pseudoprofeta que zombou do nosso credo, caluniou o povo do Livro, pregou a libertação da classe operária de suas pesadas correntes, prometeu um futuro de paz e felicidade aos crédulos habitantes da terra?, diz-me, não eras tu o primeiro filho homem do advogado Hirshel Marx?
ele: sim, sou eu
Abraão: por acaso não escreveste que a religião formava uma mixórdia de patranhas e fábulas, destinada a manter o homem na ignorância e perpetuar o domínio das classes abastadas?
ele: disse isso, sim
Abraão: dá uma olhada para o mundo fabricado segundo tuas teorias! desolação, miséria, corrupção, idolatria! a isso chamavas pomposamente "sacrificar-se e trabalhar pelo bem da humanidade"?
ele: bem, na verdade
Abraão: não tentes desculpar-te! transformaste a terra em inferno e teus adeptos não acederão ao paraíso!, olha como destroçam tuas estátuas com raiva, queimam teus livros peçonhentos, amaldiçoam tuas venenosas doutrinas!, tantos panfletos anti-religiosos de que te serviram?, os templos de todos os credos estão repletos de fiéis! só acharás desertas as cátedras de tua ideologia científica!
(Sara, Agar e toda a prole se agrupavam em torno do profeta e o examinavam de cima com profunda desaprovação)
Abraão: tu que sustentavas com tanta excelência que éramos personagens míticos, que dizes agora?, gozamos da visão de Yahvé na glória, enquanto teu êxito e poder convocatório se desvaneceram! não foste tu que escreveste que o dinheiro é nossa autêntica religião nos *Deutsch-französische Jarhbücher*?

ele: não sei exatamente onde foi publicada essa citação
Abraão: mostrar-te-ei uma fotocópia, se queres! teu ódio ao judaísmo não tinha limites, as palavras judiaria e judeuzinho eram o insulto máximo segundo teu léxico!, por acaso não te recordas que chamaste teu amigo Lassalle de judeu negro, escreveste que a configuração de seu crânio e seus cabelos crespos provavam sua descendência dos africanos seguidores de Moisés durante a travessia do Egito e que a mistura de alemão e judeu com negro só podia produzir um resultado funesto?
ele: foi num momento de raiva!, minha opinião posterior a respeito dele é completamente diferente!
Abraão: teus libelos contra o apego do israelita aos bens terrenos, a afirmação de que emancipar-se do comércio e do dinheiro é emancipar-se do judaísmo, com a qual difamaste nosso povo, levou por fim a humanidade inteira ao culto do Tosão de Ouro depois de setenta anos de socialismo!
majestoso, solene, luminoso, impregnado de luz sobrenatural, apontou com um dedo fino e translúcido para a cidade chinesa de Shenzen
Abraão: contempla a maré humana, tomada de frenesi, vinda de todos os cantos de um país governado por teus partidários, com a esperança ilusória de ser acionista!, centenas de milhares de ex-maoístas atropelando-se mutuamente como caranguejos ou formigas, brigando entre si até a morte apesar dos tiros e da pancadaria da polícia!, observa esses rostos ávidos, ambiciosos, crispados, de olhos alucinados e fixos em meio aos gritos, xingamentos e ais dos feridos, tanta fúria e porfia por causa da irrisória esperança de poder comprar um bônus bancário ou fazê-lo frutificar na Bolsa, ser capitalista em gestação e emular os compatriotas fugidos do comunismo!, teus recursos dialéticos e tuas artimanhas filosóficas não puderam impedir a adoração idolátrica deles pelo metal que teu apli-

cado discípulo russo sonhava em desvalorizar a ponto de com ele construir os mictórios públicos!
de repente sentiu-se empurrado e maltratado pela multidão, mergulhado no redemoinho humano, lamentos em idioma desconhecido, vozes, uivos cujo volume se amplificava penetravam no quarto, sacudiam-no da modorra matinal após uma noite em branco dedicada à revisão de seus manuscritos
(Engels, de Manchester, apressava-o obstinadamente a publicá-los)
sem precisar reclinar-se no leito, verificou que o alvoroço vinha da escada
o açougueiro e o dono da quitanda reclamavam o pagamento das contas atrasadas, imprensavam como raposas famintas a fiel Lenchen, juravam que não sairiam dali até que lhes pagassem a dívida, ameaçavam denunciá-los à proprietária, voltar com um oficial de justiça e ficar com seus pertences, arrancá-los do apartamento, deixá-los na mais negra e desamparada indigência
Mouro avançava pé ante pé pelo corredor, parou na entrada do minúsculo e decadente salão
Jenny, sua mulher, sua confidente, a companheira de luta, secretária, copista, amiga nas horas de triunfo e de desventura, oferecia o peito ferido e sangrento à criança e chorava em silêncio
você não sabe como dizer
de repente, sentiu o coração dilacerado

Era ainda o único filósofo vivo, como na época em que seu amigo Moses Hess assim definia Berthold Auerbach? quem havia desmascarado de verdade o "autêntico" socialismo então em voga e demonstrado que tal doutrina, pretensamente superior ao comunismo "grosseiro" das massas, era na verdade um mingauzinho insípido, mescla

de propostas tiradas da filosofia alemã e de fórmulas mal digeridas que literatos-filantropos copiaram dos colegas da beira do Sena sem compreender nem uma vírgula de seu sistema, simplesmente inebriados por sua sedutora fraseologia?
a voz entusiasta do orador inaugural do comício vibrava no pequeno local apinhado de gente
nosso convidado, já famoso na Alemanha apesar de sua juventude, dará o tiro de misericórdia na religião e na filosofia medievais e obscurantistas, pois reúne o espírito mais mordaz com a mais profunda reflexão política!
imaginem, senhoras e senhores, Rousseau, Voltaire, Holbach, Lessing, Heine e Hegel juntos numa só pessoa!
demônio tenebroso, inimigo mortal da civilização humana, príncipe do caos para burgueses e proprietários de terras e chefe amado e clarividente que leva o gênero humano a um futuro radioso segundo os proletários, tenho a imensa honra de apresentar-lhes esta noite em carne e osso o famoso doutor Marx!
houve uma alentada salva de palmas entremeada por algumas vaias e a cortina de veludo vermelho do palco abriu-se diante de um jovem moreno e robusto, de barba cerrada e olhos cintilantes, sombrios
(''seus gestos expressam uma grande energia e, por trás de seu comedimento e autocontrole, adivinha-se o ardor de uma alma corajosa e íntegra'', escrevia no correr da pena o correspondente do *New York Tribune* numa poltrona da terceira fila)
a câmara que o focalizava fizera um travelling pelos camarotes e pela galeria antes de centrar-se de novo no rosto expressivo do orador
(que belo rapagão você é!, murmurou Jenny, encantada)
camaradas!
(os vivas e hurras da platéia impediram-no de continuar esperou que o público se acalmasse e tossiu para limpar a voz)

não é o pensamento do homem que determina o seu modo de vida, é ao contrário a sua vida social que decide e compõe a verdadeira natureza humana!
(proudhonianos, bakuninistas, fabianos, blanquistas tomavam notas apressadamente de suas palavras com a plausível intenção de refutá-las, enquanto Willich e Gottschalk mexiam-se inquietos em seus assentos)
a história social dos homens não é jamais a história de seu desenvolvimento individual, são seus vínculos materiais que formam a base de todas as suas relações e estabelecem os modos segundo os quais se cumpre necessariamente sua atividade no marco da sociedade!
(à medida que alinhavava o discurso, Jenny repetia suas frases, como se as soubesse de cor, com os olhos grudados na televisão
por acaso não fora ela sua co-signatária e esmerada transcritora?)
graças às forças produtivas recém-conquistadas os homens transformam o modo de produção e, com o modo de produção, transformam por sua vez as relações econômicas, surgidas de um processo material, concreto, específico!
o diretor do programa intercalava abusivamente as imagens e seqüências discursivas do orador com retratos de Che Guevara e planos de guerrilheiros revolucionários da América Latina, grupúsculos extraviados, como volta e meia ele dizia a Jenny, num comunismo voluntarista, de inspiração cristã primitiva e com uma aura conspiratória romântica
inopinadamente, deu em seguida a palavra a Gottschalk
o senhor não leva a sério a libertação dos oprimidos!
(apontava para Mouro com um índice inquisidor, seco e caricatural, como a bruxa de um conto de fadas)
a miséria do operário, a fome do camponês só têm para o senhor um valor doutrinário e científico!, o que afeta os sentimentos humanos não o comove!

(que interesse havia nessas alturas em ressuscitar as perfídias e os embustes daquele charlatão? as denúncias feitas por seu esposo a respeito da legislação trabalhista vigente e dos que a defendiam envoltos no manto de uma virtuosa preocupação com a alma dos explorados não punham o dedo na ferida ao concluir que, de acordo com as teses do doutor Ure, do professor Senior e de outros ilustres cientistas, a indústria britânica, qual um vampiro, precisaria alimentar-se de sangue humano, das crianças em especial? Mouro não havia escrito que enquanto na Antiguidade o infanticídio era um rito misterioso cumprido em ocasiões solenes pelos adoradores de Moloch, o dos modernos servidores do Capital realizava-se diariamente e mostrava uma odiosa preferência pelas crianças mais miseráveis e desamparadas?
Jenny e as filhas terminavam o chá servido momentos antes pela fiel Lenchen
as caras intumescidas e imóveis dos que se sublevaram em nome de sua doutrina e foram executados a sangue-frio pelo exército e pela polícia das oligarquias de compradores obviamente impressionavam o coração mais empedernido, mas como dizer-lhes que se equivocavam? que à medida que a realidade se distanciava da imagem de seus desejos, eles se agarravam mais frenéticos à dita imagem? o próprio Mouro compartia essa consternação)
no teatro, o orador se dirigia à audiência consciente de uma superioridade intelectual que agia como força magnética
assistimos, camaradas, à luta entre a velha burocracia feudal e a sociedade burguesa moderna, entre a sociedade da livre concorrência e a sociedade corporativa, entre a sociedade baseada na propriedade da terra e a sociedade industrial, entre a sociedade da fé e a sociedade da ciência! entre ambas, dizia, havia uma luta de morte

mas a burguesia, que deveria ter lutado por seus interesses classistas, não cumprira sua tarefa, recuara, temerosa do futuro, com o olhar fixo nas massas que deveria ter convocado a seu lado por causa de sua debilidade para enfrentar sozinha o feudalismo! por trás de sua própria revolução ela já via surgir o espectro da revolução que se faria sem o seu consentimento e, carente de iniciativa e de fé no povo e em si mesma, hesitara em pegar o poder no momento em que estava pronta para isso, ficara, impotente, no meio do caminho!

(novo corte

a câmara focalizava, focalizava você, cercado por um grupo de espanhóis, compatriotas exilados, com carteira do Partido ou simples simpatizantes, à saída de uma reunião explicativa do médio ou, melhor dizendo, do nenhum êxito da mobilização popular no dia da Reconciliação Nacional ou da Greve Nacional Pacífica contra a ditadura

não era tudo aquilo antecipação ou remake do já conhecido discurso do ardiloso e então inamovível secretário-geral do Partido?)

chegara a hora das perguntas

que pensava o orador dos gravíssimos acontecimentos ocorridos na península Ibérica? havia que apoiar o governo republicano ou dar mais um passo e acender o estopim da revolução?

o ainda jovem emigrado de Tréveros expressou-se com calculada gravidade

a Espanha é um país tão atrasado do ponto de vista industrial que nem sequer pode evocar o tema de uma emancipação imediata e completa da classe operária!, para chegar a tanto precisa atravessar várias fases de evolução, afastar de seu caminho numerosos obstáculos!

o bafafá impediu-o de continuar

bakuninistas, cenetistas, poumistas, membros da Federação Anarquista Ibérica, o operário tipógrafo Anselmo Lo-

renzo, um jornalista britânico desengonçado de óculos, chamado Orwell, protestavam aos gritos, a Primeira e a Segunda República achavam-se em perigo, sem uma revolução imediata capaz de galvanizar o povo e levantar as massas, ninguém poderia salvá-las!
seria essa atitude, como afirmava impassível o orador, um exemplo de esquerdismo infantil, de um radicalismo obstinado e cego, de fourieristas sonhando com um falanstério modelo?
Jenny, Tussy, Jennychen e a fiel Lenchen assistiam aflitas, quase hipnotizadas, aos esforços de Mouro para se fazer ouvir em meio ao vozerio
mudara de tom e expressava com eloqüência sua compaixão pelos sofrimentos das massas, sua indignação contra a injustiça essencial do capitalismo, chamamento ao que o homem tem em si de digno, fé num mundo melhor e mais justo, o amigo Engels expusera a situação desumana das fábricas, o trabalho em galpões e pocilgas cheios de poeira e fumaça, o destino cruel de mulheres e homens que se consumiam nas fiações dezesseis horas por dia, famintos, tuberculosos, alcoólatras, ansiosos para esquecer o inferno a que viviam submetidos, todos os horrores de uma livre empresa exonerada pelo poder dos empecilhos solidários do corporativismo
a firmeza de sua voz, impregnada de profunda convicção, sacudia-as do outro lado da tela, o chamado mundo livre não mudara, a não ser de roupagem, e o amontoado de gente e a pobreza dos bairros de Manchester eram os mesmos de antes, milhares e milhares de casas insalubres mal se diferenciavam de seu minúsculo refúgio de Dean Street, a denúncia do sistema e a carga profética mantinham-se intactas, imagens vindas dos centros motores da economia, do mundo unipolar regido pelos estrategistas e professores da escola de Chicago, mostravam a incrível extensão da pobreza, a proliferação de drogas e pandemias,

desemprego juvenil, violência, assassinatos policiais, incêndios provocados, enfrentamentos étnicos, repressão cega, pilhagens, resistência dos miseráveis e dos excluídos à máquina que os triturava, o insultado esposo, pai e amigo tinha razão, continuava tendo razão apesar da conjuração tramada para desprestigiá-lo!
(pelas faces enrugadas da fiel Lenchen corria, perfeita como a pérola, uma lágrima)
grupos irados de russos, ucranianos, poloneses irromperam então na sala
o paraíso dele, acusavam, havia se transformado em inferno, depois do gulag e das valas comuns de milhões de vítimas, o sistema supostamente igualitário e científico ceifara a intelectualidade, o campesinato, os ofícios tradicionais, o mundo literário e artístico, embriões de sociedade civil surgidos durante o czarismo, o livre pensamento, a iniciativa individual, o menor elã de criatividade, para impor seus pesados dogmas com uma fúria superior à das religiões antigas e cultivar a delação, generalizar a impostura, favorecer o cinismo, transformar o homem novo em bárbaro velho, setenta anos de tirania, pilhagem, terror, esquizofrenia, parasitismo voraz, vodca vagabunda, falsa felicidade, perversão real, sistema denunciado por seus próprios profetas, gerações sacrificadas a ídolos de pedra, ilusões perdidas, desolação, sim, desolação da quimera!
deixaram de contemplar as imagens dos supostos depositários do legado transformados em fantoches, extasiados diante das maravilhas de um McDonald's ou posando em companhia do velho adversário de classe com grotesco chapéu de cowboy
Dallas, Dallas!!
uma única e obsessiva pergunta as corroía
por que a brusca aceleração da história, tantas vezes prevista pelos mais conspícuos pensadores do momento, produzira-se afinal contra a própria doutrina dele?

quem os havia apeado ou, pior ainda, atirado pela janela do trem do Progresso?

Você o arrancou de seu vasto armazém de pensamentos e da inquieta e vigorosa colméia de idéias, do torpor estival do Museu onde, mergulhado em seu oceano de livros, ele auscultava as mudanças do mundo qual um paciente médico de família, reconhecível à primeira vista pela desordem arrumada de sua escrivaninha, cheia de cadernos de escrita decifrável só por Jenny e notas bibliográficas e estatísticas traçadas em letra rebuscada
você o transferiu para Paris, para os bairros que ele havia freqüentado após ser expulso da Bélgica com a mulher e duas filhas ou antes da decisão bonapartista de desterrá-lo na Bretanha, quando a insurreição popular contra Luís Filipe abriu as comportas da liberdade política e toda a Europa parecia render-se ao furor visionário do *Manifesto* redigido meses antes em Bruxelas!
agora ele se dirigia, como um ilustre desconhecido, pela rue Saint-Denis, ao Café de la Picarde, ao local do Clube de Operários Alemães, formado em grande parte por sapateiros e alfaiates fugidos da reação prussiana, e onde, entre comícios e reuniões clandestinas, ele costumava passar as tardes
as mudanças havidas no square des Innocents e na avenida que ia dar nos Halles o desorientaram
misturou-se com a massa de pedestres, turistas e visitantes, perto do Forum, e parou para contemplar a exibição de um palhaço cuja estatura impressionante lhe permitia dominar o círculo formado pela assistência, usando um impecável cilindro de feltro colocado sobre a vistosa cabeleira, a cascata de cachos sabiamente orquestrada
expressava-se com a soltura do habituado a excitar os fervores da ágora, mostrava ao sorrir a prótese dentária e se

servia das mãos enluvadas para desenhar silhuetas imaginárias de adversários, alvos de suas ferozes diatribes
aqui onde estou, senhoras e senhores, sou um autêntico príncipe russo!, não dos que vieram sem um tostão e viraram motoristas de táxi para ganhar a vida, mas daqueles da pós-perestroika e do livre mercado!
(o riso ressoava dentro de sua garganta como o eco sibilante de uma fornalha vulcânica)
a queda estrondosa do comunismo, do corpo de doutrinas e elucubrações falaciosas do tristemente célebre e hoje execrado pensador de Tréveros, devolveu-me de repente propriedades e terras, bônus do Tesouro, ações de estradas de ferro e empresas de mineração, dezenas, que digo?, centenas de apartamentos e casas expropriados por uma chusma de vagabundos e velhos que, sem mais, botei no olho da rua a fim de abrir escritórios e salas, firmas de import-export, sociedades bancárias e anônimas mistas
(o palhaço desenrolava um longo pergaminho com títulos cotados em Bolsa, como o das conquistas amorosas do amo expostas por Leporello a dona Elvira numa conhecida cena de *Don Giovanni*)
de seiscentos e quarenta na Itália a mil e três na Espanha, a lista seria interminável, mas não pretendo amolá-los mais!
(atirou com desdém o rolo para um de seus comparsas)
a verdade, senhoras e senhores, é que a fina flor da nobreza financeira, figurões da Igreja e mandachuvas do Exército se espremem em minhas recepções palacianas nas quais o preço de um canapê de caviar do Irã equivale em rublos, pelo câmbio oficial, ao salário mensal de um honrado cidadão que fez estudos de medicina!
(deu um soluço debochado concluído bruscamente por uma gargalhada)
sem me deixar tolher por nenhum tipo de escrúpulo, negociei, senhoras e senhores, com os membros mais sagazes e espertos da nomenklatura, a criação de lojas de lu-

xo e cassinos e acabo de inaugurar em Moscou um fastuoso Clube dos Milionários, para cujos salões terei o prazer de convidá-los se previamente preencherem em meu nome um cheque em branco destinado a aumentar meu já incomensurável império!

era capaz de reconhecer por trás da máscara e da fanfarronice do mímico a proximidade de seu irredutível inimigo, antes vestido com deliberado desmazelo?

(lembrava-se de sua camisa cinza aberta debaixo de um pobre colete de flanela)

daquele rival encarapitado prazerosamente nas tribunas, de onde se impunha ao auditório com sua corpulência e altura, energia de gestos, tom persuasivo, incrível dom para as línguas?

nenhum vestígio de sofrimentos passados marcava o rosto do agitador enterrado por cinco anos na fortaleza de Pedro e Paulo, desterrado na Sibéria, evadido pelo Alasca e pela América, que apareceu com um romântico halo de heroísmo num distante congresso revolucionário, aplaudido com delírio por anarquistas conspiradores, carbonários e iluminados!

só o eco de suas palavras sonoras, exclamações, rugidos leoninos, força telúrica, ofuscantes relâmpagos poderiam tê-lo colocado na pista certa

sua ironia mordaz e o recurso ao paradoxo eram porém os mesmos de antes

não havia sempre defendido com coragem a espontaneidade do espírito revolucionário e sustentado diante dos chefes da Comuna, dos rabassaires de 1936, dos estudantes de maio de 1968 na França que o impulso de destruição das massas era no final das contas o seu instinto criador mais profundo?

Seguiu-o pelos arredores da rua de Arbat, entre as fachadas decrépitas dos prédios de apartamentos plurifamiliares cobertas de avisos com os rostos avermelhados e edematosos dos detidos nas últimas batidas policiais contra os bêbados, as milícias encarregadas de capturá-los rastreavam as entradas dos edifícios e os acessos do metrô e, apesar da escassa e paupérrima iluminação pública, ele podia entrever dezenas de sombras agachadas atrás das latas de lixo enquanto emborcavam a garrafa de vodca barata e amaldiçoavam em surdina sua vida desgraçada

bafos fedorentos, escuridão, miséria, brigas, lamúrias, cenas de caça furtiva, milicianos pegos em flagrante de extorsão, crianças maltrapilhas treinadas para os pequenos expedientes e para a mendicância pelas máfias caucasianas, vendedores de camisetas "Mc Lenin" com o rosto do patriarca soviético sobreimpresso no duplo arco dourado, símbolo da famosa multinacional, viúvas pobres de chefes e oficiais à espreita do turista a quem vender a farda completa do marido, pilhas de capacetes de pilotos de MIG e quepes da KGB, setenta anos de história em saldo os acompanharam até as luzes de um nobre edifício recém-restaurado

porteiros de libré de almirante e cartola mantinham a distância com seus porretes a malta de indivíduos que, de joelhos, com gestos de peito ou braços em cruz, pediam esmola ávidos e abjetos

o palhaço afastou-os brutalmente aos pontapés

vamos, sumam!, ou chamo a polícia já, já!

(tirara da algibeira um pequenino telefone celular e por ele dava misteriosas recomendações)

os guardiões do templo abriram, atenciosos, suas portas maciças e os introduziram no vestíbulo atapetado onde havia uma grande escadaria de mármore, como nos filmes ambientados no mundo aristocrático do czarismo (a adaptação de *Guerra e paz*, que tanto entusiasmava Jenny)

barras de ginástica, salas de jogo, aposentos dotados de todo tipo de comodidades e gadgets eletrônicos ocupavam o andar de cima
ali tudo era pago em divisas
o palhaço lhe indicou uma placa de pedra pendurada na parede, tratando de ocultar com a mão enluvada a parte inferior da mesma
leu em alemão, inglês e russo

O SENHOR NÃO SE SURPREENDERÁ SE LHE DISSER QUE
FIZ UMAS ECONOMIAZINHAS COM OS
TÍTULOS AMERICANOS, MAS SOBRETUDO
COM AÇÕES INGLESAS, QUE ESTE ANO
PROLIFERAM COMO COGUMELOS
GANHEI ASSIM QUATROCENTAS LIBRAS
E RECOMEÇAREI, POIS A OPERAÇÃO NÃO
É ARRISCADA DEMAIS E VALE A
PENA ARRISCAR ALGUM DINHEIRO PARA
AMEALHAR O DO INIMIGO

não identificava o autor da citação?
não, não identificava
garante?
garanto!
dá-se por vencido?
dava-se por vencido
e ficou confuso, quase prostrado quando o palhaço descobriu o lugar da placa de mármore onde estava gravada a assinatura
o autor era ele!
(o palhaço o examinava orgulhoso como um pavão)
tirei-a de uma de suas cartas ao seu tio, o milionário holandês Lion Philips, em 1864, depois que o senhor herdou de sua mãe e do bom amigo Lupus a bela soma de mil e quinhentas libras!
(uma dúzia de sócios do clube, com roupas e acessórios de luxo importados do Ocidente, cercava-os com curiosidade)

como vê, nós que aplicávamos docilmente seus preceitos nos decênios passados nos adaptamos aos novos tempos sem renegarmos por completo a sua doutrina! (houve um coro de risadinhas)

UM EX-SECRETÁRIO REGIONAL DO PARTIDO: aos que nos acusam de virar casaca e enriquecer a mãos-cheias, exibimos essa pouco conhecida defesa da liberdade de mercado como prova de que continuamos fiéis a suas idéias!

O EX-DIRETOR DE UM PLANO QÜINQÜENAL CONDECORADO COM A ORDEM DE LENIN: pelo menos uma vez o senhor escreve algo útil e adaptável a nossa nova filosofia, e pareceu-nos justo reivindicá-lo!

O EX-SECRETÁRIO REGIONAL: havíamos compilado outras possíveis citações na sua correspondência com Engels, assim como nas cartas em que seu genro Lafargue se assessorava com o senhor acerca do pacote de ações que devia herdar da família de Bordeaux, mas esta nos pareceu a melhor!

UM MEMBRO DA ACADEMIA DE CIÊNCIAS: a missiva a seu parente e mecenas, fotocopiada no Instituto de História Social de Amsterdam, onde se conserva sua correspondência, revela a existência de um homem pragmático que, em vez de elucubrar sobre o Capital, esmera-se ajuizadamente em frutificá-lo! se tivesse perseverado nesse caminho, o senhor poderia ter acumulado uma grande fortuna e, com seu gênio e visão inegáveis, quem sabe se a essas alturas não seria o fundador de uma poderosa dinastia de magnatas, como as que originaram a glória e a prosperidade do Ruhr!

UM EX-PROFESSOR DE MATERIALISMO DIALÉTICO DA UNIVERSIDADE MOSCOVITA: não há nenhum desdouro em se servir da conjuntura econômica e impor a liberdade do mais forte! isso existe desde que o mundo é mun-

do e o senhor mesmo viveu grande parte de sua vida da mais-valia dos operários de Engels!
(todos mexiam a cabeça aprovando)
nós, os sócios do Clube dos Milionários, nos sentiríamos muito honrados em tê-lo umas horas conosco! que tal uma visita a nossos salões e dependências?
o palhaço ostentava o colete cinza-pérola com botões incrustados de diamantes e correntinhas de ouro semelhantes às dos burgueses benfeitores das principais pinturas flamengas, o ventre de indisfarçável prepotência bancária, as calças escuras de impecável riscado, as botinas lustrosas e envernizadas, compradas numa loja falsamente sofisticada da Ville Lumière
par ici, cher Maître, welcome to our den!
recepcionistas de biquíni e coelhinhos da Playboy o escoltaram até a galáxia de estrelas da discoteca onde os novos milionários e suas graciosas acompanhantes davam uma pausa ao dia dedicado às vicissitudes da compra-e-venda, entregando-se aos prazeres inerentes a uma boa economia ultraliberal
le docteur Marx, voici le docteur Marx!!
o palhaço se esgoelava, cochichava no ouvido dele com uma piscada cúmplice o Mane, Thacel, Fares, compêndio de seus devaneios apocalípticos para reduzir a cinzas os santuários do Capital e promover a emancipação imediata das classes exploradas, convidava-o a criarem juntos sociedades secretas a fim de difundir e acelerar o caos e a anarquia
os sócios do clube moscovita queriam entrevistá-lo, plantar-lhe um microfone diante da boca, assediá-lo de perguntas, refutar suas respostas defensivas, instá-lo a confessar o próprio fracasso, mas com muito jeito você o tirou daquele antro barulhento de novos-ricos e novos-livres e o devolveu num piscar de olhos ao passeio solitário que ele fazia pela feroz selva urbana de Paris.

* * *

Como um santo de gravura, aureolado por uma coroa de raios solares, o rosto bem-aventurado do mártir, recortado sobre o fundo de uma assembléia guerrilheira com foices, martelos e bandeiras vermelhas desfraldadas, aparecia reproduzido em dezenas de cartazes ao longo da rua, evocando num idioma para ele desconhecido a luta indomável de um povo por um futuro radioso, e abençoada por meia dúzia de figuras, entre as quais ele reparou na de si mesmo e nas de Engels, Vladimir Illich e o presidente Mao

inutilmente tratou de decifrar e memorizar os slogans daqueles inflexíveis defensores da luta armada, separados do próprio país por incomensurável distância, mas cheios de ardor internacionalista, de veemência revolucionária juvenil

embora os edifícios fossem aproximadamente os mesmos que ele conhecia, a fisionomia do bairro havia mudado

o antigo Café de la Picarde e o Clube de Operários Alemães eram agora uma pornoshop!

contemplou com desalento e uma ponta de curiosidade os instrumentos fetichistas, braguilhas postiças, shorts de couro, pulseiras espetadas de pinos, videocassetes com ars combinatoria de diferentes raças e sexos, o anúncio pisca-pisca de um espetáculo lésbico de jouissance garantie!

nosso emigrado renano prosseguiu seu caminho rua acima, passada a rue de Réaumur, até o arco do triunfo de Ludovico Magno, surpreso com o tráfego incessante de caminhonetes de carga e descarga, carrinhos de mão com volumes e pacotes empurrados por súditos do império inglês das Índias, turcos de grossos bigodes, malaios de sotaque cantado, prostitutas emboscadas nas entradas dos prédios e em ruelas laterais, quase tonto pela variedade de rostos, roupas e penteados de uma metrópole diversificada e mestiça, que pouco tinha a ver com a que ele percorria antigamente

por sorte, o arco continuava ali

aproximou-se para olhá-lo, imerso na multidão de ex-colonizados recém-saídos dos fantásticos salões de cabeleireiros afros, e descobriu as bases do monumento literalmente atapetadas com misteriosa propaganda política

ele, mais uma vez, Engels, Vladimir Illich e o Grande Timoneiro!

aquela fidelidade, em tempos de desgraça e miséria, o comoveu

às vezes, de acordo com a provável orientação ideológica dos propagandistas, a inconfundível cara bigoduda de Iosif Vissarianovitch substituía a do propulsor do Grande Salto à Frente

VIVE LA LUTTE REVOLUTIONNAIRE
DES MASSES AU PEROU!
SENTIER LUMINEUX VAINCRA!

(finalmente uma inscrição em francês!)

segundo pôde deduzir, os cartazes celebravam a guerra popular de uns combatentes toscamente desenhados com suas metralhadoras levantadas contra a oligarquia compradora, imperialista e rapinante

a que língua, etnia ou nacionalidade pertenciam?

a URSS multicor, composta de retalhos e peças roubados aqui, herdados ali, também não havia sofrido a desagregação da reacionária monarquia austro-húngara justamente profetizada por ele e seus camaradas?

lembrou-se de Weitling e de suas pregações em favor da implantação imediata do comunismo, de sua crença em que um número relativamente pequeno de homens resolutos e bem motivados poderia apropriar-se no momento oportuno das rédeas do Estado e, graças à postura firme e intransigente, manter-se no poder até que o povo

vislumbrasse seus autênticos interesses e os escolhesse espontaneamente como guias
como conseguir que aqueles iluminados compreendessem que a humanidade avançava por etapas e que, para chegar ao fim do caminho, deviam apoiar por motivos táticos os governos burgueses em face do feudalismo que ainda prevalecia em seu espoliado continente?
para seus adversários mais radicais e extremistas, o elemento-chave da Revolução consistia na cuidadosa organização de sua trama subversiva, feita para destruir os alicerces da velha sociedade e para construir sobre suas ruínas outra nova, colorida de messianismo primitivo e anseios de perfeição geométrica!
(os africanos abrigados à sombra do monumento riam, davam-se tapinhas nas costas, trocavam efusivamente baseados e cerveja em lata, sumamente indiferentes à exibição propagandística dos senderistas levantinos)
embora sua triste experiência do exílio lhe tivesse mostrado a conveniência de se manter à margem das organizações de emigrados e de grupos de ação clandestinos, resolveu ir até a sede próxima de um deles, cujo endereço figurava nos panfletos distribuídos por um jovem com boné e rosto mal escanhoado, convidando os passantes para um ato público, a exibição de um conjunto de óleos e desenhos de um grande artista revolucionário
subiu pela rue du Faubourg Saint-Denis, admirado com a proliferação de açougues islâmicos, ateliês de confecção clandestinos, bistrôs de exótica cozinha turca, estrangeiros inclassificáveis com trajes extravagantes, salões de chá minúsculos e repletos, barracas de rua com produtos importados, salões de beleza perdidos no fundo de estreitas passagens públicas, lojas de produtos das ex-colônias com arrevesados caracteres árabes
cruzou a passage de Brady, com seu telhado de vidro maltratado, latas de lixo, cheiro de temperos, restaurantes in-

dianos e africanos, velhos mendigos franceses, jovens sem-teto carregados de sacolas de plástico, obscuras agências de viagens, lojas de botões e alfaiates, barbeiros a trinta francos, um mundo para ele inexplorado e aparentemente insensível aos supostos benefícios da colonização européia

(um trago amargo, mas necessário para os colonizadores, segundo concluíra junto com Engels)

chegou ao lugar indicado no panfleto, subiu uma escada troncha que rangia, foi parar num local espaçoso mobiliado com uma dúzia de mesas cobertas de copinhos de chá

os freqüentadores assíduos conversavam, jogavam dominó e cartas, liam jornais de seu país ou o boletim da Associação

acomodou-se como pôde entre eles e observou com um misto de apreensão e orgulho os cartazes que reproduziam sua efígie e as de Engels, Vladimir Illich e do Paizinho dos Povos

ninguém o reconheceu!

uns garotinhos corriam entre as mesas ou devoravam as pizzas e os sanduíches que o cozinheiro distribuía

houve um discurso do secretário da Associação, do qual ele só captou palavras soltas no ar, extraídas de seu próprio léxico

internacionalismo
proletariado
materialismo
dialético

os emigrados locais traziam-lhe à memória a lembrança de artesãos e trabalhadores manuais renanos, de patriotas poloneses fugidos de sua esmagada rebelião contra o czar, de republicanos espanhóis derrotados em suas guerras civis, debatendo-se como eles em lutas intestinas e em discursos triunfalistas nos arredores da realidade

era a dura lei de todos os exílios? agitação inútil em vez de ação real?

(lembrou-se da acerba ironia de Herzen sobre seus compatriotas desterrados
não falariam esses também da iminente crise político-econômica do país natal que precipitaria o sonhado regresso? discutiriam igualmente sobre isso, noite e dia, repisariam o tema sem parar? iriam se passar meses e anos e os encontraria mergulhados ainda nas mesmas disputas, nas mesmas críticas, nas mesmas acusações mútuas? só as rugas e as faces chupadas, o desmazelo no trajar e os cabelos grisalhos marcariam a passagem do tempo? mais velhos, mais ossudos e melancólicos, mas com um discurso reiterado até fartar?)
oportunamente, uma moça com jeito de universitária anunciou em francês e num idioma que ele situou mentalmente no grupo uralo-altaico a abertura imediata da exposição.

Cruzou a entrada da exposição e meteu-se numa imensa galeria de óleos pendurados em painéis arrumados em ziguezague, quadros e mais quadros luxuosamente emoldurados, figuras de tamanho natural, fornalheiros robustos de modernos complexos siderúrgicos, pioneiros siberianos na entusiasta construção de um canal, colcosianos de contagiante alegria ao volante de seus tratores, operárias dedicadas de corpo e alma ao cumprimento das metas fixadas, um Iosif Vissarianovitch rejuvenescido prodigando sua palavra para um extático grupo de crianças, camponeses dos dois sexos competindo para bater novos recordes, aldeãs louras e de olhos azuis, heroínas do último Plano Qüinqüenal
o clima de beatitude e fervor que reinava nos quadros parecia impregnar toda a sala, contagiava a assistência com uma lenitiva, balsâmica felicidade

nosso herói parou para contemplar duas mulheres encarapitadas numa ceifeira-debulhadora, minuciosamente pintadas pelo artista com os cabelos acariciados por um sol benigno e as blusas de xadrez entreabertas até o nascimento de uns peitos de serena e imensa feminilidade
absorto na idílica admiração do retrato, nos detalhes amorosamente copiados como numa fotografia colorida gigantesca, não percebia que suas figuras tinham se animado e por sua vez o examinavam com recíproca perplexidade
poxa!, mas é ele mesmo, está aqui, sim!, venham vê-lo! o autor do *Manifesto comunista*!
houve um coro de exclamações incrédulas provenientes das outras telas penduradas nos painéis
a tratorista de blusa entreaberta esfregava os olhos para certificar-se de que seus sentidos não a enganavam e sua surpresa inicial deu lugar a uma ironia desdenhosa e amarga
senhor pensador, o cavalheiro acredita de verdade que os protótipos que representamos correspondem à realidade?
os gritos do fornalheiro que alimentava o forno com a pá o obrigaram a virar-se para ele
quem nos mostrou assim nunca pôs os pés numa porra de fábrica!, pintava de ouvir dizer!, reproduzia com a palheta o discurso que diariamente repetiam a televisão e o rádio!
sim, senhor filósofo! os trigais, as escavadoras, a alegria e os sorrisos são invenção e mentira! ilustrações e gravurinhas do seu sinistro aparelho de propaganda! fique sabendo de uma vez por todas!, somos personagens fictícios, compostos segundo as recomendações de uma casta opressora e parasitária!

um colcosiano de aparência feroz avançara lá do fundo do quadro
no seu livro *A ideologia alemã* o senhor escreve que na futura sociedade comunista o indivíduo não ficará circunscrito ao marco de uma atividade determinada, mas exercerá suas faculdades nos projetos que o interessem e o atraiam, hoje uma coisa, amanhã outra, caçar ao alvorecer e pescar depois do almoço, cuidar do gado de tarde e entregar-se à reflexão crítica depois do jantar, tudo de acordo com a disposição do momento, sem por isso transformar-se em caçador, pescador, crítico nem vaqueiro!
fez uma pausa e perguntou com a altivez e solenidade de um sócio do Cassino Gesellschaft de Tréveros a um viticultor do Mosela endividado até o pescoço
o senhor considera de verdade que nossa vida corresponde a uma descrição tão idílica?
o fornalheiro o interrompeu
se seguíssemos suas teorias ao pé da letra, o proletariado soviético não seria o objeto mas sim o sujeito de sua própria exploração! nós, isto é, o Partido, teríamos decidido explorar-nos mais furiosamente do que os empresários burgueses que o senhor condena, sem termos nem sequer a possibilidade de protestar, sob pena de incorrermos na incongruência de fazê-lo contra nós mesmos!
o pioneiro siberiano: permita-me que leia outro dos sermões que tanto cativaram os revolucionários há um século! o trabalho alienado, como o dos servos, é só uma forma inferior e passageira da sociedade, destinada a desaparecer ante a dos trabalhadores livremente associados para cumprir sua tarefa com espírito vigoroso e coração alegre!
o furioso colcosiano, transformado em juiz e burgomestre de Tréveros, o apontava de dedo em riste imi-

tando os gestos e trejeitos do dia em que ele desmascarou o aventureirismo e a ignorância de Weitling o espírito vigoroso e o coração alegre são os dessas pinturas, não os de nossa dura e empobrecida vida cotidiana!

o pioneiro siberiano: seu amigo, o poeta Freiligrath, o qual depois o senhor arrastou pela lama, pretendia que o comunismo tem um porvir!, talvez não realize todos os sonhos, dizia, mas, se não chegar às Índias, descobrirá a América!

o colcosiano: o mal é que não nos levou a América nenhuma, mas à enfadonha e lúgubre URSS!

o pioneiro: Engels previu com mais realismo que se a sociedade comunista se visse um dia na necessidade de regulamentar a produção de seres humanos como regulamenta (em teoria!) a dos bens materiais, ela e só ela poderia consegui-lo sem dificuldades! palavras proféticas que antecipam o mundo de Orwell, a fazenda-paraíso idealizada pelo senhor!

o tumulto aumentava e a ira dos heróis e condecorados com o Mérito do Trabalho transformava-se em gritaria ensurdecedora, todos negavam em bloco o vigor e a entidade do papel que encarnavam, reivindicavam sua condição puramente fantástica, criaturas brotadas de uma imaginação doentia, confeccionadas para servir de álibi ao sistema, à utopia mentirosa por ele inventada

queria ver a realidade criada ao cabo de setenta anos em nome de sua doutrina?, as vidas sacrificadas, talentos desfeitos, esforços malbaratados, ideais sepultados?, uma visita guiada aos Armazéns do Povo com suas prateleiras eternamente vazias?, às fábricas sinistras e insalubres semelhantes às descritas por seu colega de Manchester?, às zonas contaminadas por emanações radioativas?, aos depósitos de detritos nucleares a céu aberto?, às valas comuns dos fuzilados durante os expurgos?

um sono invencível levou-o a fechar os olhos, levitar num espaço onírico e irreal
percorria com a mulher e as filhas uma paisagem cinzenta de casas em ruínas e silhuetas dolentes
legiões de pobres coitados a pé e em carretas avançavam a duras penas dos bastidores até um palco devastado
era a horda de mendigos fugidos da fome e da peste de *Mãe coragem*, a peça teatral preferida de Jenny?
seja como for, um geniozinho malévolo e brincalhão manipulava o texto
os miseráveis, acompanhados pela inesquecível voz de Lotte Lenya, fugiam do Leste para o Oeste, do futuro para o presente, da sociedade igualitária para o mundo cruel e competitivo baseado na iniqüidade!
em vez da temida invasão de tanques soviéticos, a Europa acolhia desconcertada as vítimas do seu erro doutrinal!

A experiência nos mostra de modo convincente que a inspiração divina, afirmada no alto, gera embaixo a afirmação de uma inspiração divina contrária e é a inspiração divina de baixo que um dia irá destruir o trono dos reis e derrubar suas estátuas!
Mouro não estava muito certo da exatidão da citação que, como Jenny frisava amargamente, voltava como um bumerangue contra sua própria doutrina, mas tinha certeza do lema universalmente conhecido A RELIGIÃO É O ÓPIO DO POVO
privada dele pelo espaço de setenta anos, em que pesem as doses maciças de anestésicos, analgésicos e remédios laicos que seus torpes e ineficazes seguidores lhe haviam ministrado, a Pátria Universal do Socialismo recorria sob os efeitos da síndrome de abstinência a qualquer tipo de derivado opiáceo, dos mais falsificados e grosseiros aos mais quintessenciados e puros

tudo estava de pernas para o ar, as superstições religiosas, combatidas em nome de uma filosofia que em vez de interpretar o mundo o transformava, revolviam-se nas próprias cinzas, brotavam incólumes do subsolo e impunham-se à esclerosada ideologia oficial com o frescor e o vigor de uma terra mantida longo tempo em repouso
(evocou de memória seus velhos textos
"o reflexo religioso do mundo real desaparecerá no dia em que as condições de trabalho e de vida prática ofereçam ao homem relações claras, racionais com a natureza e seus semelhantes" ou "a vida social se libertará da nuvem mística que a envolve quando se manifestar como obra de indivíduos livremente associados, donos de seu próprio movimento e conscientes de seus atos")
que restava agora de tudo isso?
havia descoberto de verdade, como dizia Engels, a lei fundamental que determina o curso e o desenrolar da epopéia humana?
como explicar então que enquanto os templos do obscurantismo enchiam-se de fiéis e a voz do almuadem convocava uma ilustre multidão de crentes, suas obras filosóficas e científicas fossem menosprezadas e jogadas por vezes no fogo purificador?
a televisão transmitia via satélite as cerimônias da Páscoa ortodoxa, mosteiros e igrejas cobertos de ícones, Cristos doloridos e exangues, anjos severos, Virgens cândidas, relicários de santos e mártires, retratos do último patriarca confrontado com os comunistas e de um monge curandeiro de milagrosas artes
(imposturas para enganar os trouxas, resmungava Laura)
mas como esconjurar a teoria medieval dos popes barbudos como o satirizado por Eisenstein no seu famoso encouraçado, os oficiantes em pé, atrás de seus porta-ícones de madeira trabalhada, florestas de círios ardentes, incensórios brandidos por metropolitas, crucifixos, liturgia, rios

de processões cantadas?
o mercado religioso alastrava-se rapidamente, como dizia o comentarista do programa, em virtude de um aumento incrível da demanda
aguardando a chegada de lanchonetes e outras delícias da sociedade livre e democrática, as massas se precipitavam para seguir as pregações televisionadas, missões batistas do carismático Billy Graham, missas pop oficiadas em salas abarrotadas, comícios adventistas no Palácio dos Congressos do Kremlin e, cúmulo do sarcasmo, no próprio estádio Lenin!
(Jenny lia em voz alta, como para esconjurar a sorte, parágrafos de *A crítica da filosofia do direito de Hegel*
"Lutero venceu a servidão da devoção, pois a substituiu pela servidão da convicção, quebrou a fé na autoridade restabelecendo a autoridade da fé, transformou os padres em laicos, livrou os homens do aspecto exterior da doutrina instalando-a no seu recôndito interior, libertou o corpo de suas correntes acorrentando o coração")
os velhos militantes do Partido e patriotas amedalhados assistiam confusos à invasão anacrônica de frades dominicanos, jesuítas de batina, societários do Opus Dei com pastas de executivo, comunidades neoecumênicas, missões franciscanas, acólitos da Igreja de Cristo, Novos Crentes, Children of God e outros grupos espalhafatosos com bandas de música e profusão de cédulas verdes
perturbar os devotos, irritar os hipócritas, rir às gargalhadas para quebrar o plúmbeo silêncio das sociedades mergulhadas no conformismo, tal havia sido sua divisa juvenil quando, em companhia de Bruno Bauer e outros empedernidos boêmios, apresentou-se numa carruagem puxada a burros num bulevar de Bonn freqüentado por burgueses solenes e ignaros, e agora a cena se repetia na tela da televisão para uma colônia mimética de adolescentes vestidos de couro e enfeitados de bugigangas, no cruza-

mento de duas vastas artérias da capital moscovita uma carroça puxada por mímicos com disfarces de mujiques avançava a passo lento até o núcleo central da encruzilhada, onde reinava o busto do pai do socialismo científico!

de pé na boléia, o mesmo palhaço com quem ele topara nos Halles alternava gesticulações e solos de pistom com simuladas chicotadas nos ombros dos miseráveis camponeses

arre! mais depressa, canalhas!, isso vai lhes ensinar a vadiar e a sabotar as metas de nossa sociedade justa e igualitária!, carne para ser enforcada, é o que vocês são, e mereciam castigo mais duro!, outros por muito menos estão dormindo no cemitério!, mas sendo hoje dia 5 de maio, centésimo septuagésimo quinto aniversário da data em que o redentor de vocês veio ao mundo, contento-me em arrancar-lhes a pele em tirinhas com as bolinhas de metal do chicote!, andem!, saúdem a memória gloriosa do titã que liquidou com o poder da burguesia!, aplaudam a compassiva sentença que os condena a dez anos de ignomínia, entoem com ardor as estrofes do hino internacionalista enquanto acendo meu charuto Davidoff e confiro a arrumação das oferendas florais e líricas!

o palhaço de lapelas sobrecarregadas de medalhas e farda de marechal barrigudo com seu ventre prepotente e bursátil desceu da carroça em cima dos ombros dos mujiques cambaleantes, pôs os pés na terra com firmeza e cautela de astronauta e desfiou para o público jovem e ansioso por distração a lista completa de suas dachas e dos privilégios da nomenklatura

dêem graças ao inventor de um mundo sem os vícios da pobreza e da exploração!, ao titânico pensador a quem devemos sete décadas de pujança e felicidade!

os curiosos amontoavam-se em volta do palhaço e riam quando este se benzia, fingia rezar depois de impor silên-

cio com um gesto obsceno e se ajoelhava diante do busto de mármore enfeitado para a ocasião com duas monumentais orelhas de burro
Pai, por que me abandonaste?
Möhme desligou a televisão
as palavras do Pater Noster, substituídas por invocações a Pater Karl, ressoavam em seus ouvidos como uma verruma
quem senão o brincalhão do Netchaiev podia ocultar tanto ódio e tanta inveja armazenada por trás da máscara burlesca do semeador de anarquia?
aproveitando que Jenny formulava em voz alta o que o resto da família calava, a fiel Lenchen escapuliu secretamente para a cozinha a fim de preparar os ungüentos do Mouro, prevendo uma nova e aguda crise de furúnculos!

Quando Anselmo Lorenzo visitou pela segunda vez o domicílio londrino do filósofo, não foi até lá numa carruagem de aluguel
depois de um percurso a pé pelos bairros que conhecia (as ruas miseráveis e movimentadas de Candem Town descritas por Dickens tinham-no atraído novamente durante o passeio, com sua estimulante promiscuidade)
recorreu aos serviços de um táxi
(agradava-o o teto alto dos táxis ingleses, embora nunca usasse cartola!)
Mouro avistara-o da janela e desceu para recebê-lo no portão, abraçá-lo e beijá-lo na testa, apesar de suas divergências teóricas, como a um velho companheiro de luta
quanto tempo sem vê-lo!
é, quanto tempo!
muita água havia rolado debaixo das pontes, o mundo se transformava a olhos vistos e eles continuavam iguais, fiéis às suas idéias de sempre, verdadeiros solitários na multidão

enquanto da outra vez Jennychen o fizera ler em voz alta trechos de *Dom Quixote* e de Calderón, pelo simples prazer de escutar sua correta pronúncia castelhana, foi Tussy, uma Tussy precoce, com seus dotes e sua inteligência deslumbrantes, que ajudou o pai a fazer as honras da casa e a preparar um oportuno lanche

(a situação econômica de Marx, antes precária, parecia ter melhorado bastante)

depois de tomar café, conversaram amistosamente sobre os acontecimentos no Leste, sobre a derrubada em cadeia dos chamados países-satélites, sobre o fim da nova Roma das margens do Móscova

o que acontecera não punha em discussão e em julgamento as doutrinas marxistas fundadas na autoridade?

em sua resposta, impregnada de humor cordial, Mouro não viu inconveniente em recorrer a argumentos de seu hipostático Engels

se em vez de ser tipógrafo de uma pequena gráfica o senhor trabalhasse numa grande fábrica como as que começam a ser criadas na Espanha, saberia que nenhuma ação comum é possível sem um mínimo de autoridade, seja de uma maioria de votantes, de um conselho diretor ou de um só homem!, sempre haverá uma vontade única imposta aos inconformados, pois sem ela não haveria nenhuma forma de cooperação!, que o senhor tente pôr em funcionamento uma das indústrias de Barcelona sem direção nem normas!, ou administrar uma companhia de estradas de ferro sem ter a certeza de que cada maquinista e cada engenheiro estarão, chegada a hora, nos postos que lhes correspondem!, gostaria de saber se o bom Bakunin confiaria o volume e o peso de seu corpo a um vagão de trem cuja linha funcionasse de acordo com seus princípios, isto é, em que ninguém estaria no seu lugar se não tivesse vontade de se submeter às ordens da autoridade!

todas essas frases ultra-radicais e revolucionárias disfarçam uma absoluta miséria intelectual e o desconhecimento total dos mecanismos da sociedade!, só a aplicação errônea de suas doutrinas, manipuladas por Vladimir Illich e seus sucessores, dizia Mouro, havia transformado a ditadura do proletariado em ditadura do Partido, a deste na do Comitê Central, a do Comitê Central na do Birô Político e a do Birô Político na de um prepotente e infalível secretário-geral, uma série de mutações alquímicas que haviam privado os operários do poder e do direito à palavra, metamorfoseando-os numa massa silenciosa e submissa, com benefícios materiais incontestáveis, mas sem controle efetivo sobre as próprias forças de produção
para o operário tipógrafo, a culpa vinha de mais longe, se seu anfitrião analisara magistralmente em suas obras a apropriação da mais-valia econômica por parte da burguesia, não previra, em compensação, a possível apropriação indébita da mais-valia política dos trabalhadores em proveito da elite comunista, Bakunin, com perdão da palavra!, havia percebido que nenhum organismo central, como aquele criado em nome da doutrina marxista, podia substituir a soma de decisões individuais que configuram uma sociedade!
(da cozinha, a fiel Lenchen ouviu Mouro denunciar pela enésima vez a ressurreição cíclica do voluntarismo messiânico de Weitling e Gottschalk
Jenny fora pôr no prego as últimas jóias e ela aguardava sua volta para servir o jantar)
a conversa se prolongara mais de uma hora, focalizada por Anselmo Lorenzo nas causas da derrota da Primeira e da Segunda Repúblicas espanholas, da fraqueza e da pusilanimidade das forças burguesas e do extremismo dos partidários de uma Revolução utópica
(o domínio do castelhano de que Mouro se gabava e sua erudição assombrosa o deixavam perplexo)

no outro lado do aposento, pequeno e cheio de fumaça, Tussy acompanhava o noticiário do Channel Four
(os argumentos e temas da discussão entre o pai e a visita lhe pareciam anacrônicos e irrisórios em face da violência e desolação das imagens
que gênero de nova ordem mundial substituía aquela penosamente fabricada durante um século e meio de erros mas também de conquistas, de brutalidades e crimes mas também de solidariedade?
num universo entregue mais uma vez ao sacrossanto credo do enriquecimento e da satisfação individual, elementos como sonhos, imaginação, sentimentos não corriam o risco de virar empecilhos para a eficácia do sistema e fatores de dissidência moral, reduzindo os que a eles se agarravam à pobreza e à marginalização na sociedade?)
inopinadamente, levantou-se e afastou o monte de livros espanhóis que seus pais tinham lhe dado de presente, até encontrar um exemplar de *La celestina* e ler em castelhano, com um sotaque que o operário tipógrafo não conseguiu definir se era alemão ou britânico, mas era, isso sim, impregnado de visível emoção

> o mal e o bem, a prosperidade e a adversidade, a glória e o sofrimento, tudo perde com o tempo a força de seu acelerado princípio, o que tanto te maravilharias se dissesses a terra tremeu, ou outra coisa semelhante que não esquecesses logo? assim como gelado está o rio, o rei chega hoje, caído está o Muro, Gorby pediu demissão, a URSS já não existe, há eclipse amanhã, Bagdá foi arrasada, aquele já é bispo, roubaram a Pedro, Inês se enforcou? o que me dirás, senão que três dias passados ou à segunda vista não há quem com isso se maravilhe? tudo é assim, tudo se passa dessa maneira, tudo se esquece, tudo fica para trás

parou
estava com os olhos avermelhados e o olhar perdido, pa-

recia prestes a chorar e fez um visível esforço consigo mesma

aquela era a lei da história, não a inventada por filantropos e iludidos!, havia que ler Shakespeare e Rojas! cujas obras conseguiam pintar cabalmente o mundo onde viviam!

antes de despedir-se daquela Terra em que a criminalidade abstrata dos sistemas era ressaltada, como no começo, por uma explosão de paixões cruas e primitivas, em que o ódio irracional prevalecia sobre as idéias e em que uma ânsia insaciável de poder levava à proliferação ganglionar de guerras e extermínios, queria viver umas horas de exaltação!

havia então tomado, como a madura Eleanor, a decisão de suicidar-se?

precisava, disse-lhes, mudar de ares, e foi acompanhar o visitante até o ponto de táxi bem pertinho, exibindo durante o trajeto, segundo palavras de Anselmo Lorenzo, uma refinada cortesia que a muito custo dissimulava a profundidade e a violência de sua emoção.

E o Palhaço?

notícias esparsas de suas bazófias e chocarrices chegaram a Dean Street por meio de jornaizinhos e relatórios de testemunhas irrefutáveis

enquanto o triunfante dogma ultraliberal da promoção do esforço individual como único valor digno de ser cotado jogava diariamente na rua dezenas de desempregados, velhos sem posses e doentes mentais, transformando o centro de Londres, como nos primórdios da Revolução Industrial, no formigueiro de vagabundos e gatunos magistralmente descrito por Dickens, uma amiga de Lizzy Burns, a companheira de Engels, tinha-o visto nas imediações do Harrods, vestido como um lorde ou ministro do gabinete de mistress Thatcher, afastando com a ponta da bengala de punho de prata um amontoado de corpos jacentes em jornais e embalagens de papelão, cercados por garrafas vazias de Guiness espetadas em torno de seus domínios adquiridos por usucapião, tais como fantásticos, buckinghamianos candelabros, que diabos faziam ali, num bairro abastado, remelentos, sujos e abjetos e oferecendo uma imagem nefanda da capital aos estrangeiros que a visitavam?, será que pensavam que se ia permitir que a cidade se transformasse no refúgio mundial de todos os cachorros sem coleira?, o alto número de ex-combatentes e libertados dos hospitais psiquiátricos soltos pelas ruas não significava uma ameaça potencial de intimidação e chantagem contra os cidadãos pacíficos e honrados?, como suprimir esse estigma senão recorrendo a medidas expeditivas, à intervenção contundente da polícia para limpar de vez a área?

e, diante dos vivas dos fregueses do Harrods, o palhaço gritava o Estado-providência foi uma trapaça!, solidariedade e compaixão são princípios anacrônicos e nocivos!, a decadência social dessa gente é responsabilidade desse Estado!, não temos por que recompensar sua negligência e incompetência com um único penny de nossos bolsos!

depois tinham-no visto levar suas provocações, destinadas a acender, segundo ele, o estopim revolucionário, a diversos países da Europa

atiçar as lutas étnicas e o medo irracional dos imigrantes, pregar a esses mesmos imigrantes a resistência armada contra os neonazistas e partidários da cruzada racista, propor jocosamente aos parisienses uma patente de um invento seu para as casinhas ovais dos bulevares destinadas a aliviar as necessidades naturais do público, um dispositivo engenhoso graças ao qual, de modo aleatório e sem programação alguma, as ditas casinhas mostrariam de surpresa as atividades evacuatórias dos clientes comodamente ins-

talados em seu trono simbólico sem que estes percebessem nem sequer desconfiassem de que uma multidão tranqüila e jovial formava um círculo ao seu redor, na calçada, atenta a cada uma de suas expansões, gases, suspiros e olhares de satisfação para a obra já feita, até o momento inefável da saída, quando, circunspectos e sérios como fiéis católicos que deixam o templo depois de suas devoções, seriam recebidos pelos curiosos com familiaridade condescendente e risonha, fruto daqueles minutos alegres de intimidade compartilhada!
(já que a oferta eleitoral dos partidos era idêntica e ninguém conseguia distinguir a diferença entre seus programas, o dele oferecia pelo menos distrações como a que acabava de propor!
uma pitada de sal e de cor na grisalha e na insipidez de suas vidas uniformizadas pela tecnoburocracia!)
enfim, os jornalistas tinham-no descoberto na Cidade dos Prodígios, a portentosa Vila Olímpica, agindo em conjunto, escreviam, com uma mulher parcialmente vestida, de maiô de duas peças, com sutiã e calcinha verde fosforescente e uma touca enterrada até as sobrancelhas, o tecido brilhava na penumbra estival como o das roupas dos operários de obras públicas para assinalar sua presença em estradas, e ele a seguia a curta distância com o rosto pintado de branco e um nariz grande como uma batata, sou a demonstradora da seção de roupas de banho do Corte Inglés dizia ela aos fregueses do terraço central do café nas Ramblas, e venho apresentar-lhes nossa coleção de modelos da temporada, enquanto se desvencilhava do sutiã e oferecia seus peitos maduros à glória do público com o orgulho e o desafio de uma soberana malgaxe deposta as pessoas acorriam para contemplar e aplaudir a petulante enquanto ela tirava e punha as roupas, passava o pires pelas mesas disputadas por turistas e homossexuais, ameaçava indecisos e recalcitrantes a dar uma trepada com eles, uma

viagem de foguete cujo tiro de lançamento, jurava, os deixaria gozando de prazer!

nórdicos sem camisa, magrebinos, ciganos, paquistaneses se aglomeram diante do Gran Teatro del Liceo, o santuário barcelonês dedicado à ópera, ponto de encontro obrigatório do rovell de l'ou de uma burguesia tradicionalmente culta e melômana, bem na hora em que ela está saindo do sancta sanctorum de vestido de baile, smoking e gravata-borboleta, ainda entoando o trecho favorito da ária cantada pela diva, e confrontada de repente com a demonstradora da seção de roupas de banho e com nosso palhaço, cuja nova e arteira especialidade consiste em seguir algum pedestre como uma sombra, grudado no seu ombro sem que o outro perceba e imitando cruelmente seu modo de andar, em meio aos risos e à gritaria dos felizes assistentes do espetáculo

ai, que medo!

o insolente escolhe como alvo de sua paródia um cavalheiro de porte distinto e nobre barba grisalha, um dos Pais da Pátria que, abraçado à bandeira oficial da Catalunha, sofrera impávido as ameaças e os insultos da polícia da ditadura na entrada do monastério da Moreneta, a Rosa de Abril catalã!

como o sem-vergonha se atreve a tamanha afronta?, nenhum conhecedor dessa página ilustre de uma nação secularmente humilhada está presente no local para interrompê-lo e tascar-lhe uma sonora bofetada?

mas os jovens de pele escura e dentes brancos como neve que formam a maioria do público ignoram tal acontecimento e, entusiasmados pelo sorriso do operário tipógrafo Anselmo Lorenzo, sem a menor dúvida conivente com o desacato, morrem de rir enquanto o insigne personagem e sua sombra maligna se perdem entre o público heterogêneo que, como

o rio de Heráclito, circula sem cessar pelas Ramblas
lá embaixo, no porto, os aguardam milhares de albaneses!
senhoras e senhores
la nave è arrivata!

II

1

À medida que avançava na redação deste manuscrito a ansiedade o embargava, você imaginava o momento em que iria deixá-lo no escritório do editor e previa a reação dele de surpresa e contrariedade conforme se enfronhasse nas páginas, tomando notas apressadas dirigidas ao autor, acompanhadas às vezes de pontos de interrogação à margem do texto e furiosos, condenatórios sinais de exclamação!
você o via introduzi-lo na sua sala moderna e confortável com exagerada afabilidade, prevenir a secretária que não lhe passasse nenhuma ligação, reclinar-se na poltrona de executivo depois de certificar-se de que você se sentara no fofo sofá de couro, sóbria e elegantemente vestido com o paletó de tweed, bigode aparado e com o cachimbo de sua cultivada aparência faulkneriana, cheio de cordialidade e simpatia por um velho autor da casa, amigo de toda a vida cujas preferências literárias ele compartilhava como se diz desde a infância, e além disso admirador de sua obra apesar das dificuldades intrínsecas e do caráter elitista e minoritário, alguém enfim profundamente receptivo a seu talento, a suas peculiaridades expressivas e a sua ânsia de originalidade

(por que esses longos parágrafos sem pontuação? ele havia perguntado em outra ocasião, será que você não via que desconcertavam o leitor e o afastavam do livro? amigavelmente, como um médico de família, escutara sua desconchavada defesa, essa de que se tratava de ritmo, de harmonia auditiva, música, respiração do texto, sem perder um pingo da pose nem da atitude compreensiva, acentuando involuntariamente a impressão de que tratava de você como de um doente)
um dos assessores dele, miúdo e de óculos, entraria naquele momento na sala, você não sabe se por mero acaso ou obedecendo a um plano traçado, o certo é que depois de cumprimentá-lo, desculpar-se e fazer menção de sair, o editor o convidaria a ficar, mas que nada, você não atrapalha!, também é admirador dele e leu, como eu, o manuscrito, assim poderemos comentá-lo os três juntos, a opinião de um, como dizia Celestina, a Velha, não vale em nenhuma hipótese a de dois e, instalado naquele minitribunal em que lhe cabia o papel de acusado, vocês iniciariam à guisa de preâmbulo uma conversa fiada sobre amigos comuns, sucessos de venda de autores mais jovens (estão arrasando, diria o editor)
comentariam a triste notícia do falecimento de algum conhecido, talvez alguma história picante de chifrudo protagonizada por uma figura do mundinho cultural ou os incidentes provocados pelo último pileque de um popular e calamitoso poeta da geração dos 50
o manuscrito sobrecarregava a mesa do juiz, como prova irrefutável do seu delito, e o editor forçaria ainda mais a amabilidade do sorriso com um gesto que você consideraria de mau presságio, antes de abordar o assunto que na verdade os reunia
bem, ali estavam a criatura e o senhor seu pai! o maior desejo dele seria aproveitar a visita para felicitá-lo, celebrar seus comprovados dotes de criador, dizer-lhe que

seu romance sobre Marx era realmente magnífico!, lera-o com extrema atenção, sem perder uma vírgula, com a esperança de encontrar afinal o fio condutor, de ver surgir nas páginas como personagens de carne e osso Mouro e família, embrenhar-se nas vicissitudes de sua vida revolucionária, etapas de miséria, lutas políticas, mudanças de fortuna, elaboração do corpo doutrinário que transformaria o mundo por um século, em suma, um romance real como a própria vida, com a descrição psicológica de Karl, Jenny e das três filhas, do lúgubre apartamento de Dean Street, nascimento e morte desventurada dos dois filhos e da pequena Franziska, herança providencial da mãe de Jenny, instalação posterior em Grafton Terrace e na mansão de Maitland Park graças a novas e substanciosas doações testamentárias, amizade vigilante e generosa de Engels, bem, você conhecia a história melhor que ele, tudo isso urdido num romance que comovesse o leitor e lhe falasse ao coração, fizesse justiça ao personagem com severidade e rigor, mas também com humanidade, simpatia!, a idéia de transferi-lo para a época atual depois da queda do comunismo em si não era má, manejando-a bem você poderia ter escrito uma obra com elementos de imaginação capazes de nos fazer refletir sobre a justiça das denúncias e o fracasso da profecias dele!, ao propor-lhe o tema ele tinha certeza de que você não apareceria com um romance vagabundo debaixo do braço mas introduziria na narrativa componentes de novidade, penetrando por exemplo, como alguns escritores anglo-saxões a quem ninguém podia chamar de antiquados, no fundo da alma de Mouro e de sua família, expressando talvez a subjetividade dele em forma de monólogos interiores e logo embaralhando com habilidade os diferentes pontos de vista, configurando assim, não sei se me explico direito, um livro que seria ao mesmo tempo inventado e autêntico, dramático e cômico, ameno e instrutivo, isso era justa-

mente o que esperava de você, uma inovação do gênero, não uma série de esboços às vezes engraçados, mas sempre disparatados, mistura delirante de fantasia e de situações absurdas!
(de olhos grudados no chão, o assessor aprovaria com a cabeça)
passemos esse negócio da acronia e da ausência de topos que tanto o agradam e que sua pequena confraria de fãs se encarrega de glosar!, mas esse jogo, uma vez admitido, e ele não o rejeitava a priori, de jeito nenhum, devia se submeter a certas regras, manter um mínimo de coerência! a visão do mundo atual, dessa aldeia global de Mc Luhan, você a enfoca a partir da espelunca de Dean Street onde a família Marx viveu creio que a partir da revolução de 1848, não é isso?
o assessor: de 1850, exatamente
durante quanto tempo?
(rigoroso, eficiente, o jovem de óculos se anteciparia a seus cálculos
estava com a lição bem estudada)
seis anos!
bem, seis anos, concorda?
(você não teria outro jeito a não ser concordar em silêncio)
vejamos então as coisas como elas são! nesse período entre 1850 e 1856, Jennychen e Laura eram duas garotinhas e Tussy ainda não tinha nascido!
o assessor: nasceu em 1855
pois no seu romance, você as pinta mais velhas e, esquecendo essa enorme incongruência, acrescenta outra ainda mais grave na cena em que Mouro acorda e vê Jenny dando o peito a uma criança de colo! aqui, confesso a você, estive a ponto de fechar o livro e exclamar isso é uma piada!, e o mesmo posso lhe dizer da visita de Anselmo Lorenzo, que você situa em Dean Street, sendo que ocorreu em Modena Villas muitos anos mais tarde!

assessor: durante a conferência da Internacional em Londres, depois da Comuna!
em outras palavras, um supremo disparate!
o telefone tocaria talvez oportunamente e o editor apertaria um botão do quadro de ramais com mal-humorado tédio
já lhe disse que
é o chefe!
diga-lhe que o chamo de volta dentro de dez minutos!
cortaria a comunicação e esboçaria de novo um sorriso que dessa vez não se adaptaria fielmente ao próprio rosto e permaneceria sobreposto, como que artificial e toscamente pintado por uma criança
sua habitual aparência faulkneriana se teria dissipado sutilmente e você cataria no armazém de imagens da memória até encontrar o que estava procurando
seu editor parecia ter se transmudado no ilustre Thomas Gradgring de *Tempos difíceis*!!
o que me falta, meu senhor, são Fatos! o que exigem nossas leitoras e leitores são Fatos!, deixe de elucubrações e visões oníricas inúteis para o público e forneça-lhe Fatos! mil digressões poéticas e cenas fantásticas não valem um Fato! se daqui para a frente quiser que aceitemos seu manuscrito, atenha-se rigorosamente aos Fatos!
(o pequenino assessor dos óculos calava-se docilmente vestido de aluno de escola da época vitoriana e você aproveitou que o autorizaram a sair para ir ao banheiro e desapareceu atrás dele pelo fundo da sala de aula).

2

A fim de se recuperar e de evitar os comentários sarcásticos do editor depois de uma leitura que poderia pôr em perigo o tênue fio dos pagamentos mensais graças aos quais você vivia durante a feitura do livro, você decidiu enviar-lhe por correio umas laudas com um retrato físico-moral de Marx e uma descrição minuciosa de seu domicílio, com todos os ingredientes de um relatório policial ou de um romancista discípulo de Balzac, conhecedor também da obra de Dickens

a tarefa era fácil

bastaria para tanto lançar mão de alguns testemunhos de quem conviveu com ele, copiá-los com esmero e mandá-los para o editor como suposta demonstração do seu trabalho, em vez do autêntico e perturbador manuscrito!

3

Marx é de estatura média, tem trinta e quatro anos, mas já penteia as cãs, e sua compleição robusta e os traços faciais evocam os de Sgemere, o revolucionário húngaro, embora de pele mais escura e cabelos mais pretos, usa uma barba comprida e os grandes olhos, brilhantes e perspicazes, têm algo de demoníaco, sinistro

toda a sua figura transmite a impressão de um homem dotado de gênio e vigor e sua superioridade intelectual exerce um poder irresistível sobre os que o cercam

em sua vida particular é uma pessoa cínica e extremamente desordenada, mau anfitrião e empedernido boêmio,

o asseio, os cabelos penteados e a troca de roupas são acontecimentos excepcionais!

como esposo e pai de família parece ser afável e meigo, apesar do temperamento de natureza irritável e selvagem

vive num dos bairros mais pobres e baratos de Londres

seu domicílio compõe-se de duas peças, uma, o salão que dá para a rua, e outra, atrás, que serve de quarto de dormir nessa casa, não se acha nem por acaso um único móvel limpo e em bom estado, tudo está estragado, quebrado e desconjuntado, uma espessa camada de poeira cobre coisas e objetos e todo o conjunto está de pernas para o ar no meio do salão há uma grande mesa de aspecto antigo coberta com um oleado e quase escondida debaixo de uma montanha de manuscritos, jornais, livros, brinquedos das crianças, trapos e trabalhos de costura de frau Marx ao entrar em casa, a visita depara-se com tamanha nuvem de carvão e de tabaco que precisa caminhar tateando como numa caverna até que o olhar se habitue e permita vislumbrar alguns trastes como que através da neblina! a sujeira e o desleixo reinantes tornam o mero fato de sentar-se um exercício cheio de perigo! uma cadeira tem apenas três pés e as crianças brincam de comidinha em cima de outra que por mero acaso se conserva inteira! e será justamente essa a que o visitante escolherá sem limpá-la dos quitutes das crianças e, quando você se senta, adeus suas calças!

mas nada disso perturba em absoluto Marx ou sua esposa! eles o recebem cortesmente e trazem com amabilidade um cachimbo, fumo e o primeiro petisco que estiver ao alcance da mão! uma conversa inteligente e amena acaba contrabalançando os defeitos domésticos e tornando suportável a falta de conforto

no final, a pessoa se habitua com a companhia dele e acha o ambiente curioso e original

esse é o retrato fiel da vida doméstica do chefe comunista Karl Marx

4

Você terminou de copiar o relatório enviado à polícia do país dele por Stieber, o dedo-duro prussiano, depois da

visita ao 28 da Dean Street
o editor e sua equipe apreciariam sem dúvida essa amostra de sua forma de escrever, em coro o animariam a ir em frente (que riqueza de detalhes e observações perspicazes! aquilo era cabalmente o que o leitor procurava!) mas, como dizer-lhes que você não era um agente de segurança em missão de espionagem nem um aplicado discípulo de Balzac? que as descrições verídicas e os diálogos teatrais eram maçantes e pareciam o cúmulo do artificioso e do falso? que só o vôo de uma imaginação extremamente livre podia dar conta das realidades da época e de sua conexão com o passado?
a evocação esganiçada do editor enquanto o criticava pela desenvoltura com que você utilizava os dados reais, ao misturá-los com visões, sarcasmos e fantasias, suscitava no seu foro íntimo a inevitável pergunta
apoiado em suas bem justificadas denúncias, o próprio Marx não jogara também com fantasias ideológicas e sonhos utópicos ao longo de sua vida fecunda e tumultuada?

5

Quando você se preparava para mandar por correio o fragmento apócrifo do seu manuscrito, recebeu a visita inesperada de Anselmo Lorenzo
estava em desacordo com sua apresentação dos fatos, a simples exposição dos sentimentos admirativos que manifesta por Marx, sem mencionar em troca a desilusão posterior, a triste experiência de participar da Conferência de Londres, para onde foi mandado de Valência pela seção espanhola da Aliança Democrática Socialista que aderira à Internacional
sim, era um homem de imensa cultura, falava castelhano correntemente e além disso dominava meia dúzia de lín-

guas, impossível não se sentir seduzido por ele, sua inteligência e erudição humilhavam qualquer um e mais ainda um homem como ele, operário autodidata que não tivera a sorte dos revolucionários de origem burguesa avalizados por estudos universitários e uma sólida educação humanista, a simplicidade e o sentido de hospitalidade dele o comoveram
quando o viu pela primeira vez à luz de um lampião (por certo, não vivia em Dean Street, mas numa casa de classe média, em Modena Villas, perto do Regent's Park) parecia a figura venerável de um patriarca aureolado por barba e cabeleira brancas, Jenny, sua esposa, recitava de memória versos de Shakespeare e ele respondia com trechos em italiano da *Divina comédia*!, era um jogo que praticavam entre si e, lhe disseram, quando saíam em excursão ou a passeio, sobre as filhas ele não teria nada a acrescentar ao que está escrito, a beleza, a ilustração e a liberdade de comportamento delas não admitiam comparação com as jovens de lugar nenhum e menos ainda com as da Espanha, tudo isso deixava-o admirado e ao mesmo tempo triste, pois se a sensação de harmonia e felicidade que lhe transmitia aquela família revelava-lhe a estatura do ser humano quando libertado da moral hipócrita dos ricos e do fanatismo religioso das batinas, ele também se deparava cruamente com a extensão e a profundidade da própria ignorância
(você se lembrou das observações críticas do editor e pensou no exame atento que não deixaria de fazer
como era Anselmo Lorenzo?, sua indumentária, seu aspecto?
não se esqueça! o leitor não quer abstrações! dê-lhe detalhes precisos, concretos!)
passadas a surpresa e a admiração iniciais, o estado de graça se prolongou durante os preparativos da conferência, quando Engels o apresentou aos camaradas que dela par-

ticipariam, alguns haviam assistido como ele à reunião de Barcelona e outros como Eccarius, Vaillant e a maioria dos delegados suíços e belgas ele conhecia de ouvir falar, depois da Comuna a imprensa reacionária francesa alimentara-se de Marx com rancor, tratando-o de monstro, anticristo, agente de Bismarck, inimigo do gênero humano e outras lindezas, acusavam-no de tudo, de enriquecer às custas da credulidade dos trabalhadores, de ser chefe de uma organização maçônica que alastrava seus tentáculos pela Europa e sabotava com habilidade diabólica os fundamentos da sociedade, não a dele, a dos capitalistas e plutocratas, mas a Sociedade com maiúscula, como se não pudesse existir outra!, a imprensa inglesa também se lançava contra os communards refugiados em Londres e alguns jornais pediam nada menos que eles fossem utilizados como cobaias para fazer experiências de vivissecção! mas nada disso o indispunha contra Marx, muito pelo contrário, pois os mitos fabricados pelos partidários de Versailles repugnavam qualquer pessoa decente e, no círculo de seus amigos, o próprio autor do *Manifesto comunista* esforçava-se para dar de si mesmo uma imagem honesta e eficiente, assim, dizia, não atribuía a menor importância ao fato de presidir a Internacional, seu nome figurava entre os demais nas convocações e resoluções e tampouco se arrogava o papel principal nem recorria a efeitos demagógicos para agradar o público, na realidade, como admitiam seus acólitos, preferia influenciar o movimento operário nos bastidores e impor graças a manobras e hábil manipulação suas idéias e pontos de vista, ao contrário de nós, da Aliança Democrática Socialista e em particular da seção regional espanhola, não partilhava o otimismo de Bakunin e dos socialistas não autoritários com respeito ao caminho aberto pela Comuna, enquanto durou o levante ele não sobressaiu pela atenção dada aos revoltosos e o magnífico documento que escreveu no final, a

Guerra civil na França, parecia um artigo necrológico, cheio de admiração, sem dúvida, pelo heroísmo de seus camaradas!
(você pensou ouvir a voz pressurosa do editor
ande, descreva-o!
mas como fazê-lo de forma superficial, sem perder o fio de suas palavras?)
para nós, a Revolução não podia ser postergada para um futuro indefinido, o ocorrido em Paris semanas antes nos convencia de sua iminência e urgência, os incêndios do Hôtel de Ville e de outros templos do Capital iluminavam um porvir carregado de promessas, havia que renunciar de uma vez por todas à politicagem pequeno-burguesa e ao respeito supersticioso pelo Estado! Marx e Engels não tinham escrito, depois da insurreição contra Luís Filipe, que as chamas das Tulherias e do Palais-Royal eram a aurora do proletariado? que a revolução européia surgiria de espada na mão e revestida com deslumbrante armadura, como Minerva da cabeça de Zeus? um e outro também tinham pregado com o exemplo as virtudes do voluntarismo revolucionário sem desanimar ante os repetidos fracassos! mas a estratégia dele e a nossa diferiam no que se refere ao Estado! enquanto nós exigíamos a abolição do monstro, ele defendia sua conquista, a tomada do poder pela classe operária, premissa indispensável, afirmava, de sua libertação econômica!, tudo devia realizar-se por etapas, o capitalismo entrara numa fase crítica e nosso papel seria aguçar as contradições internas, arruinar sua função social progressista, já que as dominações políticas, fossem elas primitivas, feudais ou burguesas, desmoronavam, dizia, quando deixavam de desempenhar a função social que o desenvolvimento da produção lhes atribuía, enquanto isso, e a fim de alcançar o citado objetivo, Marx e os seus argumentavam que o Conselho Geral devia coordenar as atividades das diferentes seções re-

gionais, tratar do problema de sua organização, buscar um máximo de eficiência e consenso, unir indissoluvelmente o movimento econômico à sua ação política, em suma, consolidar a estrutura da Internacional em face das tendências divisionistas, transformar o Conselho Geral na alavanca mobilizadora das massas!, a livre federação de seções autônomas que integravam até então a Internacional tinha de dar lugar a um organismo autoritário e hierárquico, composto de seções disciplinadas, cuja função se limitaria a aprovar de mão levantada as resoluções do Conselho Geral e, no final das contas, as de seu presidente e futuro cacique e déspota, meu amável anfitrião Karl Marx!

(você quis aproveitar o silêncio dele após a fala eloqüente para introduzir a descrição de Anselmo Lorenzo infelizmente, você não conseguira arrumar uma fotografia dele e o imaginava baixo, moreno e de sobrancelhas espessas, com uma boina e vestindo o avental usado antigamente pelo proletariado da Península)

a Conferência de Londres, à qual ele comparecia com tanta ilusão, foi uma desilusão imensa, os assalariados e operários que a ela assistiam eram uma pequena minoria comparados com os burgueses ou cidadãos de classe média, e estes tinham voz preponderante, impunham suas decisões como numa paródia das sessões parlamentares, evitavam pronunciar-se sobre os temas de atualidade, ignoravam o grito do coração de todos imediatamente nas barricadas!, concentravam seus esforços exclusivamente em afirmar o predomínio de um homem ali presente, Karl Marx, diante daquele que supostamente era outro aspirante, Mikhail Bakunin, ausente do processo inquisitorial que lhe montavam!, havia um capítulo de acusações contra ele e contra a Aliança, apoiado em documentos, declarações e fatos cuja verdade e autenticidade não conseguiram convencer ninguém, apesar do testemunho do sinistro e in-

trigante Nicolai Isaakovitch Utin sobre o pacto secreto entre Bakunin e Netchaiev, cujas fantasias e mentiras conspiratórias, além do assassinato do estudante Ivanov, da autoria da carta insultante dirigida ao editor russo de *O capital* e de outros atos dementes, punham em risco o bom nome e a reputação da Internacional, tudo isso parecia uma reedição dos mexericos publicados anos antes por Marx e atribuídos maliciosamente a George Sand segundo os quais Bakunin seria na verdade um espião russo, um agente secreto do czar!, o caluniado não estava ali para se defender e, enquanto eu escutava a reiteração de acusações e mentiras destinadas a liquidá-lo, só podia concluir que as infâmias e as falsificações dos honestíssimos paladinos da Ordem, da Religião, da Propriedade, da Pátria e da Família contra a Internacional se reproduziam dentro desta contra Bakunin e os socialistas não autoritários!, essa convergência de meios não pressagiava nada de bom para o futuro poder comunista propugnado por Marx e seus seguidores; pois como crer em suas promessas róseas de igualdade, liberdade e democracia quando os métodos empregados para alcançá-las eram a negação mesma desses valores?
(o autor de *O proletariado militante* concedeu-lhe uma pausa para que você anotasse direitinho suas palavras
enfiara a boina que segurava nas mãos e você deduziu que se preparava para partir)
escute-me bem, porque o que digo prefigura tragicamente o que vimos depois, a única coisa que preocupava o Conselho Geral e a maioria dos presentes à Conferência de Londres era a chefia, o poder, o mando!, não tinham se reunido ali, creia-me, para apoiar as forças revolucionárias, dar-lhes coesão e seguir uma linha emancipatória conseqüente, mas para colocar aquela vasta assembléia a serviço de um chefe!
(levantou-se da cadeira, caminhou cabisbaixo até a porta)

ali vi aquele homem cair do pedestal no qual minha admiração e meu respeito o haviam colocado e transmudar-se num vulgar e ambicioso chefete de facção rodeado por prosélitos que o adulavam e aplaudiam tudo o que ele dizia, como vis cortesãos diante do senhor!

6

Uma vizinha de escada bateu na porta e lhe entregou um fax

chegou faz dois minutos e comecei a lê-lo, disse, mas depois percebi que estava endereçado a outra pessoa e, embora não me lembre direito do seu sobrenome atrapalhado, acho que o destinatário é o senhor

(era uma francesa gorda e loura, de meia-idade, que costumava impor silêncio ao marido quando este abria o bico com um contundente tais-tois, Marcel, tu est trop con!, até que um câncer de garganta levou-o velozmente para o cemitério e calou para sempre sua voz

desde então usava luto, volta e meia ia visitar sua sepultura e gostava de repetir para quem quisesse ouvi-la um florilégio de axiomas atribuídos ao defunto com a mesma doçura e respeito como se citasse as máximas de La Rochefoucauld!)

nas margens do fax, o misterioso correspondente dizia a você que, informado por amigos comuns da visita de Anselmo Lorenzo, queria confirmar o testemunho dele com o texto de uma carta que escrevera, datada de agosto de 1850, a respeito de uma noitada em companhia de Marx e de outros membros da logo dissolvida Liga dos Comunistas numa taberna perto de Dean Street, onde consumiram (por conta de Engels?) boa quantidade de champanhe, porto e clarete

Deu-me a impressão de que possuía não só uma superioridade intelectual única mas também uma personalidade extraordinária!, se tivesse tanto coração como inteligência, tanto amor como ódio, eu me jogaria no fogo por ele!, é uma pena que esse homem não possa unir a um espírito insigne um coração nobre a serviço de nossa causa!, mas estou convencido de que a ambição pessoal mais funesta corroeu toda sua bondade!, zomba dos tolos que recitam seu catecismo proletário tachando-os de comunistas à Willich, pior ainda, de burgueses reacionários!, não tem consideração a não ser pelos aristocratas, autênticos e conscientes de sê-lo!, para afastá-los do poder precisa de uma força que só encontra nos proletários, e os mobiliza contra eles!, embora sustente energicamente o contrário, e talvez exatamente por isso, fui embora com a nítida impressão de que o motor de suas manobras é sua sede de poder pessoal!

Von Techow
ex-tenente do exército prussiano

(ao concluir a carta uma dúvida o assaltava
não foi essa missiva do ex-tenente o aríete usado pelo naturalista e presidente da Assembléia Nacional de Frankfurt herr Vogt em seu processo de difamação contra Marx?)
seja como for, como diria Thomas Gradgring, era um Fato!
a concentração de poder, o culto da personalidade e o despotismo que caracterizavam os regimes comunistas do século XX não encontravam por acaso sua semente na doutrina e no temperamento do rígido autor de *O capital*?)

7

Para tirar as dúvidas sobre as origens do autoritarismo e sua influência nos crimes e aberrações do futuro socialismo real,

você não tinha outro remédio senão agarrar Mouro pelos cabelos, entrevistar o próprio Marx!
o habitáculo de Dean Street parecia-lhe o lugar indicado, pois tendo menos familiaridade com as sucessivas residências dele, alugadas graças ao recebimento de heranças providenciais, você não podia entrar nas outras com a circunspecção do conhecedor, todas permaneciam nesse limbo abstrato que tanto contrariava seu financiador
o apartamento era tal e qual descrevera o dedo-duro prussiano
(não tinha vaso sanitário, banheira nem água corrente
a fiel Lenchen devia subi-la do térreo, em baldes)
você penetrou na nuvem de fumaça e tabaco e vislumbrou no salão a mesa antiga apinhada de livros, manuscritos, brinquedos e trabalhos manuais, a cadeira de três pés e o oleado ainda com as comidas ressecadas das crianças
(seria aquela pasta gordurenta, amassada com mãos mais sujas ainda, a mesma que o rapazola Karl obrigava as irmãs a comer, de brincadeira, na casa de Tréveros, segundo as interessadas contaram morrendo de rir à sobrinha Tussy?)
você se instalou na cadeira capenga, arriscando-se a cair e quebrar a cabeça, mas tinha medo de sujar a calça recém-comprada em liquidação
(dessa vez você se antecipou às peremptórias instruções do editor
tinha à mão o retrato do sociólogo e historiador Kovalevsky e o copiou célere

> de cabeleira branca e basta, mãos sombreadas de pêlo e casaco abotoado de banda, Marx tinha o aspecto, não obstante a singularidade de sua figura e gestos, de um homem com o direito e o poder de impor respeito
> seus gestos torpes mas cheios de segurança e audá-

cia, seus modos contrários a qualquer etiqueta mas frios e com uma pitada de arrogância, sua voz áspera e metálica harmonizavam-se curiosamente com os julgamentos categóricos que emitia sobre homens e coisas

falava sempre em termos imperativos sem admitir contradição alguma e num tom cuja vivacidade surpreendia dolorosamente, impregnado da firme crença em sua missão de dominar os espíritos e ditar-lhes suas leis)

Mouro deu uma vaga olhada nas suas páginas com o testemunho de Anselmo Lorenzo

o bonachão Anselmo! um operário de verdade, com um coração de ouro, modos toscos e boas intenções só comparáveis em magnitude com sua suprema ignorância!, a vítima ideal das teorias e dos discursos inflamados de Bakunin! seu compatriota José Mesa era de outro padrão, ele pelo menos se esforçava para assimilar os princípios do socialismo científico, apesar da amizade com Lafargue!, mas o bom Anselmo não queria ouvir falar de análises políticas, e sim de barricadas, como aqueles artesãos que, segundo Jenny lhe contou, queixavam-se de sua altivez, acusavam-no de brincar com as idéias, de outorgar-se uma auréola de sabedoria e situar-se acima dos mortais!, conheço tão bem quanto o senhor as opiniões de Kovalevsky e Guillaume sobre minha suposta atitude soberana e minhas presunções de ditador democrático!, mentiras e só mentiras como as do pobre Moll ao atribuir-me a intenção de fundar uma espécie de aristocracia de letrados e dirigir o povo do alto de um trono divino!, gente incapaz de compreender minha doutrina e a base científica que a sustentava!, as visões utópicas e as delícias da sociedade pós-revolucionária fatalmente tinham de impressionar os membros de sociedades atrasadas como Itália e Espanha, verdadeiro caldo de cultura para os carbonários, os messiânicos e iluminados! era risível e patético ver aqueles representantes de um universo predominantemente agrícola e onde a industrialização dava os primeiros passos assinalar o caminho a seguir, com a maior ingenuidade e boa-fé do mundo, aos trabalhadores das grandes sociedades industriais!, como nos tempos do caridoso e exaltado Weitling ou do filantropo Techow, pretendiam basear seu movimento em impulsos morais em vez de assentá-lo numa análise rigorosa das leis econômicas da sociedade! o romantismo revolucionário e a tradição conspiratória dos países da periferia européia encontravam num personagem como Bakunin o líder perfeito e sonhado!, as diferenças entre ele e o russo não vinham de rivalidades pessoais nem de incompatibilidades de temperamento como afirmavam e ainda afirmam os anarquistas e historiadores ignorantes! derivavam da enorme defasagem existente entre as tarefas históricas que se impunham ao proletariado dos países capitalistas avançados e as ilusões que dominavam necessariamente os semiproletários das nações onde o capitalismo apenas começava a desenvolver-se!, essa era a raiz do problema e não as interpretações psicológicas dos auto-intitulados partidários de um socialismo não autoritário! pois se voltarmos à Conferência de Londres, que é o que interessa ao senhor, observaremos em seguida o conluio e as provocações dos bakuninistas, seus ataques infundados e injustos ao colaboracionismo bismarckiano de Bebel e Liebknecht, apesar das perseguições judiciais do poder prussiano, de suas manobras de baixo nível contra a suposta ditadura do Conselho Geral e da tentativa de dominar as seções regionais sob pena de provocar a divisão e a ruína da Internacional! o senhor parece crer, como o bom Anselmo, que Bakunin era um anarquista puro e sem mácula, defensor dos métodos democráticos e verdugo do autoritarismo, quando ao contrário ele encarna o exemplo mais claro dos descaminhos

e abusos do movimento revolucionário utópico e imaturo! por acaso o senhor conhece a carta que escreveu a Guillaume a propósito do seu então protegido e dileto discípulo Netchaiev?
você: não
ele: pois me permita que leia um parágrafo
(mexeu no amontoado de papéis sobre a mesa até encontrar a fotocópia que procurava
fotocópia?, gemeu o editor)
Netchaiev é o modelo desses jovens fanáticos que não duvidam de nada nem temem nada, partindo do princípio de que muitos, muitíssimos deverão morrer em mãos do governo burguês até que o povo se levante!
(franzia o cenho com ar debochado)
ele: magnífico, não é?
(você catava na memória a carta que Mouro escrevera a Jennychen em abril de 1881 sobre os agitadores revolucionários russos, gente extraordinariamente capaz, dizia, sem poses melodramáticas, simples, heróicos, objetivos
que diferença havia entre as duas declarações exaltadas?)
ele: segundo Bakunin, esse desequilibrado e os de sua laia são seres admiráveis, crentes sem Deus e heróis sem frases!
(ajeitou o monóculo no globo ocular direito para avaliar o efeito das próprias palavras
uma idéia cruzou sua mente como um relâmpago
quem lhe havia conseguido uma cópia do documento? algum espião infiltrado no círculo de amigos de James Guillaume ou um agente da KGB?)
ele: que tal? nem Pol Pot nem os senderistas iluminados poderiam melhor expressar as idéias de Netchaiev! quanto ao seu *Catecismo revolucionário*, do qual talvez o senhor tenha ouvido falar, não é de se jogar fora! alguns de seus diálogos instrutivos são verdadeiras pérolas!
(pegou o livro com evidente júbilo)

PERGUNTA: quais são os melhores meios de precipitar a Revolução na Rússia?
RESPOSTA: como o fim santifica os meios, os piores serão os melhores!
ele: isso é que é exemplo de solidez e de espírito crítico! nem o bom Anselmo nem seus camponeses poderiam entender outra linguagem! as resoluções da Conferência de Londres não se imprimiam na fervente gelatina de seus cérebros! o que significava para eles esse negócio de que, "em sua luta contra o poder coletivo das classes abastadas, o proletariado não pode agir como classe mas se transformando em partido político claro e diferente, oposto a todos os velhos partidos criados pelas classes que defendem o capitalismo, e tal transformação do proletariado em partido político é indispensável para o triunfo da revolução social e de seu fim supremo, a abolição de classes"? era como falar-lhes em grego sobre as descobertas de Arquimedes! os efeitos desastrosos da luta e da repressão contra a Comuna, a morte, a dispersão e o desterro da autêntica elite revolucionária favoreciam a propagação das teses blanquistas e bakuninistas não só na Espanha e na Itália mas na própria França! ali ninguém entendia as leis da economia nem tratava de estudar meus livros, nem sequer meu genro Lafargue! ele e os outros oráculos óbvios do socialismo científico eram na verdade discípulos atrasados de Bakunin, e a fraqueza ideológica que tinham fazia-os oscilar, como Guesde e, depois dele, toda uma corja de políticos profissionais, entre um esquerdismo prematuro e posições abertamente social-democratas! a extinção paulatina de minhas premissas e a renúncia a um enfrentamento decisivo com o poder político da burguesia, desde o momento em que esta já não era o motor do desenvolvimento social, mas sim um obstáculo, os levavam inevitavelmente a contentar-se com a satisfação de reivindicações salariais, direitos políticos e supressão das

medidas restritivas à liberdade sindical! o apogeu decorrente da exploração colonial melhorava o nível de vida dos operários ingleses e os liberais conseguiram atrelar com sucesso a causa dos sindicatos a seus projetos reformistas burgueses! e assim, enquanto aqui ninguém prestava atenção à luta política e a nossas declarações de solidariedade com a Comuna e os patriotas da Irlanda, pouco a pouco nos marginalizavam e nos reduziam a um papel quase testemunhal, as fantasias incendiárias e utópicas ganhavam terreno no continente e contribuíam para afastar com seus excessos o triunfo da empresa revolucionária! essa foi a razão, meu senhor, depois da Conferência de Londres, da agonia e morte da Internacional!
(diabos, como escrever o som violento de um CRAC?)
bem naquele instante a cadeira capenga sucumbiu e você bateu com os ossos no chão num súbito e espetacular trambolhão!
Marx pediu desculpas, não sem maliciosa ironia, por causa do estado de seus móveis e do aposento vizinho onde copiava e passava a limpo as obras do marido Jenny veio correndo para ajudar você
ela: que susto! o senhor está bem?
você: perfeitamente bem, senhora, foi minha falta de jeito!
(furioso consigo mesmo, você se despediu apressado lamentando, disse, ter-lhes roubado uma hora de seu precioso tempo
você logo notou que uma pergunta tinha infelizmente ficado sem resposta
eram as leis do materialismo científico tão intangíveis como as de Kepler ou Newton ou, como os netunianos estudiosos dos sedimentos marinhos convencidos de que a Terra se formou por uma precipitação das águas, seu autor confiava cegamente na intensificação das contradições de classe, calculando o momento da revolução como se se tratasse da formação de estratos geológicos?

você não viu a televisão mencionada na primeira parte do seu manuscrito, mas ouviu ao sair, vindos da cozinha, os suspiros e os gestos atarefados da fiel Lenchen)
efeito do tombo, atordoamento, miragem?
no térreo do 28 da Dean Street havia um moderno restaurante especializado em pizzas e outros portentos da ecumênica inventividade italiana!

8

Você recebeu por um serviço de entrega rápida uma carta do seu editor
seria o cheque da sua mesada?
você rasgou o envelope com dedos trêmulos e encontrou apenas uma nota escrita a mão na qual ele anunciava a visita imediata do assessor em companhia de uma tal de miss Lewin-Strauss, feminista, sexóloga e professora da UCLA, especializada no estudo da família Marx
a iminência do encontro não lhe dava infelizmente a possibilidade de você se preparar para resistir de modo adequado ao previsível assalto de perguntas da misteriosa doutora californiana
essa dali a pouco entrou como Mia Farrow pela sua casa (parecia-se muito com a atriz ex-favorita de Woody Allen) e, sem lhe pedir licença, examinou brevemente as laudas do seu texto espalhadas sobre a mesa
(o assessor permanecia em segundo plano, um tanto retraído, mais uma vez pequenino e de óculos)
miss Lewin-Strauss (irônica): Lenchen, Lenchen, a fiel Lenchen! não encontrou outra maneira de definir sua condição afora essa etiqueta paternalista e surrada?
você: bem, na verdade me limitei a reproduzir o que escrevem os historiadores, baseando-se em testemunho unânime da família e de suas amizades

miss Lewin-Strauss (severa): não lhe ocorreu investigar, por trás do estereótipo, a exploração impiedosa de uma mulher de classe humilde, doméstica desde os sete anos de idade na casa de Jenny, pela prole superaristocrata de Ludwig von Westphalen?
você: bem, existe algo disso, mas por mais que haja procurado nos arquivos e nas cartas da época, não descobri uma única queixa quanto ao tratamento que ela recebia, muito pelo contrário, e nisso coincidem todos os testemunhos, ela sempre foi considerada membro da família!
miss Lewin-Strauss (sarcástica): e isso lhe basta?
você: bem, como a própria Lenchen
miss Lewin-Strauss (sarcástica): pare de uma vez com essa lengalenga de *bem*! o senhor não sabe, se leu Marx a sério, que é objetivamente impossível denunciar a alienação a partir de uma vida tipicamente alienada? como definiria o caso de uma doméstica que aceitava levar facadas desse cara-de-pau do Lafargue e, depois de quarenta e dois anos de leais e abnegados serviços à família Marx e em seguida a Engels, deixou como única herança para o filho a irrisória quantia de noventa e cinco libras?
você: bem, o que eu queria dizer é
miss Lewin-Strauss (com menosprezo): o fundamento da civilização segundo Marx consiste na exploração de uma classe por outra e sua dinâmica vem justamente da contradição permanente entre ambas!
(tirou do bolso do anoraque um exemplar do *Anti-Dühring*, com prefácio de Godelier)
miss Lewis-Strauss (suave): todo progresso da civilização implica assim um progresso na desigualdade, mas essas mudanças são geralmente graduais, imperceptíveis e desembocam em formas complexas de hierarquia social, em classes de contornos fluidos, já que é difícil determinar o ponto em que cessa a função e começa a exploração, em que o serviço prestado recebe em troca menos do que

vale! o senhor conhecia a exegese desse preclaro estudioso marxista?
você: provavelmente a terei lido, mas
miss Lewin-Strauss (incisiva): e não percebeu a relação existente entre ela e a exploração vitalícia de sua fiel Lenchen?
você: a verdade é que o amor e a devoção que mostrou nos momentos mais duros
miss Lewin-Strauss (implacável): o senhor esquece que numa família patriarcal como a de Marx a divisão do trabalho é feita em função das diferenças de sexo e idade, dos critérios fisiológicos e não filosóficos! o pater-familias fazia-se servir pelas mulheres, em quem descarregava as tarefas mais desprezíveis, confiava-lhes inclusive a busca de meios de subsistência enquanto escrevia suas obras redentoras na calma do Museu Britânico, participava de uma luta emancipatória exclusivamente masculina e se arrogava, era o cúmulo, o direito de pernada!
assessor (sobressaltado): direito de pernada?
miss Lewin-Strauss (triunfante): sim, o ancestral direito de pernada! não se contentava em explorar a ignorância de Lenchen nem em fazer sete filhos em Jenny! além do mais, tinha de emprenhar a empregada!
assessor: eu não sabia de nada disso!
(virou-se para você com visível desconcerto)
assessor: você sabia?
você: sabia, claro, pensava em tratar do assunto mais tarde porque o enigma
miss Lewin-Strauss (exultante): não há nenhum enigma! pode ter havido na época, quando só se conhecia a carta de Marx a Engels sobre um nebuloso assunto tragicômico do qual devia lhe falar, e com certeza lhe falou, de viva voz! Lenchen estava grávida e negava-se obstinadamente a revelar o nome do pai, Jenny começava a suspeitar do marido e, para salvar o matrimônio e a honra do comunismo, Engels assumiu a responsabilidade pelo bastar-

do! Frederick Demuth, o verdadeiro sobrenome de Lenchen, foi mandado para uma ama-de-leite e passou toda a infância com os pais adotivos! Engels em pessoa, segundo contou sua secretária Louise Kautsky ao dirigente socialista August Bebel, escreveu no leito de morte, numa lousa, "Frederick Demuth é filho de Marx"
assessor: puxa! pois eu não tinha a menor idéia!
a fim de contrabalançar o efeito negativo das revelações na futura apreciação do romance que ele faria, você lhe explicou que se tratava de uma caridosa dissimulação, os hagiógrafos de Marx, para evitar a acusação de parcialidade, falavam indulgentemente das bebedeiras de juventude e dos primeiros passos poéticos, detinham-se com ternura nos poemas pomposos que ele escrevia para Jenny e chegavam a evocar como prova irrefutável de sua independência o périplo pelas tabernas com Edgar Bauer e Liebknecht, périplo balizado por um divertido apedrejamento dos lampiões londrinos até que a chegada da polícia pusesse o trio para fugir e obrigasse o descobridor do socialismo científico a correr com inesperada ligeireza! mas a história do filho era grave demais, o casamento exemplar com Jenny devia manter-se intocável! Engels queimou, com a morte de Marx, boa parte de sua correspondência e o que chegou à posteridade foi cuidadosamente censurado por Bebel e Bernstein! os historiadores marxistas formavam uma associação que transformava os heróis do santoral comunista em verdadeiros Pais da Igreja! assim, Brejnev, em suas inefáveis memórias, confessava ter atirado com estilingue nos pardais e ser alucinado por raviólis, mas omitia qualquer referência a sua muito mais interessante e reveladora mania de colecionar Rolls-Royce, Jaguar, BMW, Mercedes-Benz e outras jóias da indústria automobilística ofertadas por seus pares em suas visitas ao mundo capitalista!

(ele o escutava, limpando os óculos, e foi se refazendo aos poucos com o calor de uma brilhante idéia)
assessor: que matéria genial para um romance! a sedução da pobre Lenchen, as dúvidas de Jenny, a incrível vida de Marx naquela espelunca com duas mulheres grávidas!
miss Lewin-Strauss (glacial): nós, leitoras, estamos fartas de ficções biográficas em torno de um herói masculino, com as mulheres plantadas em seu papel tradicional de vítimas e companheiras justo no momento em que o próprio conceito de masculinidade está fazendo água e indo a julgamento em toda parte!
com ânimo de contra-atacar
(seu romance corria sério perigo!)
você procurou na pilha de suas obras de consulta o testemunho irrecusável de Wilhelm Liebknecht
você (lendo): Marx não tentava sequer impor-se a ela, Lenchen conhecia todos os seus caprichos e fraquezas e podia trazê-lo pelo beiço na hora que quisesse! se estava furioso e lançava tantos raios e faíscas que ninguém se atrevia a chegar perto dele, ela entrava na toca do leão e lhe falava de tal modo que ele ficava manso como um cordeiro!
(você fez um gesto de entregar o livro à doutora mas ela não se dignou pegá-lo
o assessor o pegou, avidamente)
você: como está vendo, as coisas não eram tão simples!
miss Lewin-Strauss (olímpica): o homem iracundo e a mulher que o acalma com manhas femininas! o senhor não se cansa de reproduzir a cada passo os piores estereótipos sexistas?
você: sua opinião não é um tanto anacrônica? nos tempos de Marx
miss Lewin-Strauss (contundente): justamente eu me referia a isso! esse burguês esclarecido, que descreveu e condenou com eloqüência as condições de vida dos traba-

lhadores e as afrontas da burguesia durante a Revolução Industrial, não percebeu em nenhum momento a dupla exploração das mulheres, condenadas não só a jornadas extenuantes na fábrica e nas oficinas, mas a cumprir um papel servil no seio da família patriarcal por causa de uma suposta lei da natureza! ele, que denunciava horrorizado a alienação capitalista, era incapaz de ver a que impunha em sua própria casa!
você: alguns historiadores põem em dúvida a autenticidade do testemunho de Louise Kautsky! seu original não existe e só se conserva uma cópia com detalhes manifestamente errados como o da suposta fuga de Jenny à Alemanha ou o distanciamento sexual do casal numa época em que a promiscuidade reinante em Dean Street e as gestações de Jenny desmentem a verdade de tais afirmações!
miss Lewin-Strauss (toda derretida): se Mouro não foi o pai, quem foi? o senhor não pretenderá que a criança foi concebida por obra do Espírito Santo! pela aparência tipicamente judia de Frederick Demuth e por seus cabelos pretos, não puxava a Engels! a não ser que, para salvar a boa fama de Marx, o senhor sustente como Heinz Monz e outros fudamenmachistas marxistas que a fiel Lenchen era a puta da companhia e ia para a cama com qualquer um!
você: veja, senhorita
miss Lewin-Strauss (ultrajada): não me chame de senhorita! se quiser dialogar com uma mulher consciente expurgue primeiro seu vocabulário!
você: bem, doutora, ou o que preferir
miss Lewin-Strauss (grávida de auto-suficiência): ouça-me bem! o sistema criado pelo seu personagem não libertou as mulheres de classe baixa de sua dupla e asfixiante alienação! muito pelo contrário, prolongou a exploração delas por governos formados exclusivamente por homens e na prática as manteve submetidas ao jugo doméstico,

à rotina de cozinhar, costurar, esfregar, calar o bico e parir filhos arriscando-se a morrer na tentativa! tal foi o destino de sua fiel Lenchen e da exemplar Jenny, duas vidas sacrificadas à obra magna do idolatrado amo!
(você queria protestar, replicar a sua sanha demolidora do livro e de repente levou um susto com a campainha do despertador!)

9

Céus! mais uma vez você reincidira no vício, multiplicara as situações inverossímeis, misturara espaços e tempos, seguira o caminho de sua imaginação desenfreada, prolongara o impublicável manuscrito!
parecia-lhe ver o editor, instalado em sua sala com o paletó de tweed, o bigode aparado e o cachimbo de cultivada aparência faulkneriana enquanto apontava com o dedo censor as laudas condenadas
mande passear os eruditos e os professores que falam de Baudrillard ou Bakhtin e celebram seus cronotopos! esqueça-os e cuide dos leitores logo de uma vez! as brincadeiras com a escrita e a mise-en-abyme (é assim que se diz?) os deixam indiferentes!, o que exigem aos gritos são sentimentos, paixões, diálogos e cenas realistas, fatos, Fatos!
que fazer?
as contas de aluguel, gás, água, luz, quitanda, farmácia se acumulavam na estante da entrada exatamente como em Dean Street e nenhuma fiel Lenchen poderia defender você do acossamento das raposas famintas!
(o paralelo encheu-o fugazmente de orgulho
a manifesta improdutividade de seu texto por acaso não evocava a do *Grundrisse* e das *Teorias sobre a mais-valia*?

de tanto escrever sobre ele, você não estaria se identificando com Marx de maneira abusiva?)
mas, de volta à terra, uma leitura desapaixonada e fria do romance o mergulhava na mais profunda tristeza e no pessimismo
iriam rejeitá-lo?
o editor queria Fatos, Fatos e Fatos!
para garantir o recebimento dos últimos pagamentos mensais e acalmar a impaciência dele, você resolveu copiar a carta de Jenny para o amigo Weydemayer datada de 1850, antes da mudança da família para a fatídica Dean Street, apresentando-a sem a menor vergonha como de sua própria lavra!
um capítulo em primeira pessoa, em forma de relato de Möhme, a abnegada e firme esposa de Marx!

10

Descrever-lhe-ei somente um dia dessa existência, sem tirar nem acrescentar nada e verá que a poucos refugiados coube viver algo parecido
como as amas-de-leite custam os olhos da cara, resolvi amamentar eu mesma meu filho, apesar das terríveis dores no peito e nas costas que sofro continuamente
mas o anjinho engole com meu leite tantas ansiedades e aflições que sua saúde se debilita e ele sofre dia e noite desde que veio ao mundo, não dormiu mais do que duas ou três horas seguidas e teve nesses últimos tempos convulsões violentas, de modo que o pobre está constantemente entre a vida (essa sombra de vida!) e a morte
em seus espasmos ele mama tão forte que meus peitos incharam e se cobriram de rachaduras
(com freqüência escorre sangue de sua boquinha trêmula!)

uma vez, eu o estava amamentando, quando apareceu nossa senhoria, embora lhe tivéssemos pago mais de duzentos e cinqüenta táleres durante o inverno e combinado com ela de entregar o resto ao proprietário, ela negou a existência do acordo e exigiu as cinco libras que lhe devíamos

como não as tínhamos, irromperam em casa dois oficiais de justiça, arrestaram meus escassos bens, colchões, roupa de cama e mesa, roupas, o berço do meu pobre filho e brinquedos de minhas filhas

(que choravam aos prantos)

e ameaçavam levar o resto duas horas mais tarde!

que remédio senão deitar-me no chão duro com minhas filhas geladas de frio e com os peitos em sangue!

S., nosso amigo, se apressa em sair à cata do dinheiro, pula dentro de uma carruagem de aluguel, os cavalos desembestam, ele é jogado para fora da carruagem e o trazem gravemente ferido para casa, onde eu me desesperava com os pequeninos

tínhamos de abandonar o lar no dia seguinte!

o tempo está frio, chuvoso e fechado, meu marido procura uma casa mas, quando fala de quatro filhos, ninguém quer aceitá-los, por fim um amigo acode para nos socorrer, pagamos e corro para vender todas as minhas camas a fim de pagar o farmacêutico, o padeiro, o açougueiro, o leiteiro, que com o escândalo do despejo ficaram enlouquecidos e nos assediavam com suas contas e acusações

retiraram as camas vendidas, amontoaram-nas num carro e o que aconteceu? o sol se pôs nesse meio tempo e a lei inglesa proíbe o despejo depois do crepúsculo, o proprietário exige a presença de agentes de polícia, alega que estamos talvez levando objetos seus, que estamos fugindo para o estrangeiro!

em menos de cinco minutos, duzentas ou trezentas pes-

soas, toda a vadiagem de Chelsea se reunira para espiar defronte da nossa porta!
devolução das camas, o comprador tem de esperar até que amanheça, e quando a venda de nossos míseros pertences permite saldar as dívidas até o último centavo, chego com meus filhinhos aos dois cômodos que agora ocupamos no hotel alemão no número 1 da Leicester Street e onde por cinco libras por semana nos receberam humanamente
não creia que essas desventuras sórdidas tenham me abatido, sei muitíssimo bem que nossa luta não é isolada e tenho sorte e sou feliz porque meu querido esposo, sustentáculo de minha vida, permanece ao meu lado
o que me faz sangrar o coração e de verdade me aborrece é que Mouro deva agüentar tais mesquinharias, sendo que com muito pouco poderíamos vencer as dificuldades, é ver sem ajuda um homem como ele que generosamente socorreu tanta e tanta gente!
não deduza disso, querido senhor W., que reivindicamos algum direito
a única coisa que meu marido poderia aceitar dos que receberam dele idéias e alento seria maior atividade e energia para sua revista, sou suficientemente orgulhosa e sincera para afirmá-lo
isso, pelo menos, lhe deviam
mas ele pensa de outro modo e inclusive nos momentos mais duros não perdeu seu bom humor nem confiança no futuro!

11

Reações possíveis à leitura do capítulo anterior
editor: magnífico!
miss Lewin-Strauss: deplorável

(você imaginava os dois instalados na sua sala, ela com o anoraque entreaberto, ele com o impecável traje faulkneriano)
editor: esse é o bom caminho! você deu uma no cravo e outra na ferradura, como nas suas tentativas anteriores! o retrato da vida sinistra no Soho, o assédio agressivo dos credores, a busca febril dos meios de subsistência, o seqüestro dos móveis, as visitas à casa de penhor, as ameaças dos encarregados de cobrar a dívida, o problema diário do leite, pão e carvão! todo o calvário dessa aristocrata alemã sensível e culta, expulsa de um país a outro, posta no olho da rua com os filhos e até jogada na cela escura de uma delegacia de Bruxelas em companhia de gatunos, mendigos e prostitutas pelo único delito de partilhar os ideais do marido, de ser a fiel companheira do cérebro do movimento comunista internacional!
miss Lewin-Strauss: minha opinião, sinto muito, é diametralmente oposta! não digo com isso que o relato da miséria de Jenny não me comova nem que suas vicissitudes e sofrimentos me deixem indiferente! contudo, um genuíno romancista deveria transcender a mera anedota, penetrar no âmago do consentido papel da vítima!
editor: evoque as circunstâncias atrozes da morte de Guido, de Franziska, do pequenino e adorado Musch! releia Dickens, os magistrais quadros sociais de Dickens, impregne-se deles, adote seu estilo, procure a via do coração!
miss Lewin-Strauss: o amor é muito bonito, mas exige reciprocidade, absoluta igualdade entre os sexos!, e o que acontece com Jenny e o Gênio? é ela quem se sacrifica, vende seus bens apesar das cláusulas estipuladas no contrato nupcial, aceita segui-lo pelo mundo como um carneirinho, copia seus manuscritos ilegíveis, enfrenta no lugar dele os prestamistas e os agiotas, deixa-se engravidar sete vezes sem dar um pio!, desde o começo, sua sorte

está lançada!, o que cabe esperar de uma moça que escreve a seu futuro marido "nosso destino não nos permite intervir ativamente na roda da Fortuna, por culpa de dona Eva estamos condenadas à passividade, a esperar, confiar, ter paciência, sofrer, essa é nossa sorte"?, como explicar essa resignação fatalista na esposa de um revolucionário confrontado com os abusos e crimes da sociedade?
editor: o mundo de David Copperfield, a pobreza extrema, mudanças de destino, estratagemas para sobreviver! as coletas para ajudá-los, as facadas em Engels, os legados de parentes e amigos, a herança de Carolina von Westphalen e, por fim, da mãe de Marx! que aceleração e que mobilidade de acontecimentos, coisas e bens! a combinação de dramas e súbitas alegrias apaixona os leitores! se você se ativesse estritamente a isso criaria inclusive material para uma excelente adaptação para a televisão, já imaginou? uma superprodução internacional!
miss Lewin-Strauss: Jenny não se liberou sequer como as filhas, sobretudo Tussy, dos preconceitos sociais burgueses! numa reunião organizada pela União dos Trabalhadores alemães exilados na Bélgica depois dos acontecimentos de 1848, ela não quis cumprimentar Engels porque estava acompanhado pela amiga irlandesa, uma simples operária de sua fábrica! toda a vida correu atrás de uma aparência de respeitabilidade ante a família aristocrática! enquanto Karl se refugiava no sossego do Museu Britânico e de vez em quando fazia uma farra, ela se desdobrava com Lenchen para ir em frente e criar uma fachada de middle-class!
editor: ouça bem! por pouco que você se esforce, o tema reúne todos os ingredientes para um grande sucesso de vendas! contanto, é óbvio, que você esqueça essas suas brincadeiras e vá, como os mais jovens, diretamente ao que interessa!, você tem uma ocasião de ouro para sair

do pequeno círculo no qual se fecha e ficar conhecido por um público infinitamente maior!
miss Lewin-Strauss: a própria Jenny, no final de seus dias, teve de admitir o fracasso e a alienação da própria vida (remexeu nos bolsos do anoraque, tratando de mostrar com a blusa desabotoada sua rejeição altiva aos sutiãs, e tirou a fotocópia de um texto manuscrito da esposa de Marx)
miss Lewin-Strauss (leitora): a parte que nos cabe, às mulheres em todas as lutas, é a mais dura por ser a mais modesta! o homem se excita nos combates com o mundo exterior e a visão de seus inimigos, embora sejam legião, infunde-lhe energia! nós ficamos em casa a cerzir meias! isso não nos evita as aflições e a monótona vida cotidiana consome, lenta mas implacavelmente, nossa alegria de viver! falo com mais de trinta anos de experiência e posso afirmar que não me deixo prostrar facilmente! entretanto, sou velha demais para criar-me ilusões! temo que para nós, os velhos, não haja muita coisa a esperar!
você (intervindo afinal): apesar desses testemunhos existem muitos outros que provam a preocupação de Marx com o futuro e a felicidade das filhas!
miss Lewin-Strauss: o senhor se refere à carta dele a Engels de 1854 em que exclama "Beatus ille quem não tem família"?, a seu significativo mau humor quando Jenny, no quinto parto, pouco depois da morte de Guido, deu à luz uma menina e não o tão desejado menino? ou, quem sabe, à inacreditável falta de tato, na resposta à carta de Engels na qual lhe anunciava o falecimento de sua amiga Mary Burns, de atribuir sua monstruosa insensibilidade ao peso dos problemas domésticos e à natureza irracional das mulheres, quer dizer, ao mau humor e às depressões de sua querida Jenny?
você: a amargura desses anos de miséria em Dean Street e a precariedade dos meios de subsistência explicam essa

história do beatus ille! já que é para pinçar frases, às vezes fora do contexto, permita-me que lhe leia esta de Mouro ao futuro genro Lafargue
(como que obedecendo a sua vontade, o pesado volume da *Correspondência* abriu na página exata, com a frase procurada ostensivamente ressaltada em negrito segundo o modelo dos cronistas sociais)
você (enfático): o senhor sabe que sacrifiquei toda a minha fortuna à causa revolucionária e não o lamento! ao contrário, se tivesse de recomeçar, faria o mesmo! mas não me casaria! na medida em que dependa de mim, quero salvar minha filha dos arrecifes contra os quais fracassou a vida de sua mãe!
miss Lewin-Strauss: palavras, palavras, palavras! boas intenções varridas na mesma hora pelo choque com a realidade! todas as filhas amargaram o destino de Jenny e a que não se casou com um pseudo-revolucionário profissional uniu seu destino a um cínico vigarista! os três filhos de Laura morreram por causa da incúria e da incompetência desse mau galeno Lafargue e, quanto à vida desgraçada de Jennychen, ela mesma a resume por escrito no seu intercâmbio epistolar com Tussy!
(procurou nos diversos bolsos do anoraque enquanto, de propósito ou não, exibia a preeminência magnânima de seus peitos)
miss Lewin-Strauss (lendo as cartas): não vejo nem ouço mais ninguém a não ser o leiteiro, o açougueiro e o verdureiro! creio que a embrutecedora rotina de trabalho nas fábricas é menos mortal do que as intermináveis tarefas domésticas! estou sem notícias do mundo e anseio diariamente pela leitura de jornais de Londres que me mantêm em contato com os seres que vivem e lutam fora da prisão chamada lar!
você: bem, tomemos o caso de Eleanor
miss Lewin-Strauss: não é disso que se trata! é inútil fugir

do essencial e perder-se em detalhes porque o problema não é individual nem psicológico mas filosófico e doutrinal! a teoria marxista segundo a qual a igualdade sexual das mulheres seria o resultado de sua independência econômica privilegiava a luta de classes às custas da luta das relações de poder entre mulheres e homens! a liberação da mulher, Engels pretendia, seria o fruto das mudanças objetivas da sociedade! mas nem um nem outro camarada assinalou a necessidade de que as mulheres tomassem parte ativa no processo emancipador! o poder desigual entre os dois sexos na sociedade capitalista por acaso se esfuma milagrosamente com o triunfo da Revolução? que aconteceu na URSS com Alexandra Kollontai e as feministas mencheviques? os marxistas ortodoxos aplicaram ao pé da letra as receitas e idéias do fundador! as desventuras de Jennychen e Laura não eram o resultado, como elas mesmas acreditavam, de circunstâncias pessoais mas conseqüência de sua submissão à sociedade masculina que as esmagava!
editor (contrariado com o rumo da conversa): deixemos de abstrações e idéias! o que importa agora é o quadro humano da família Marx! as contradições, dificuldades, os dramas desse equivocado mas extraordinário Messias laico! sua vida dupla, particular e revolucionária! sua personalidade deslumbrante, polifacetada! você tem aqui o tema do romance! não se esqueça, meu caro, essa é sua última oportunidade!
(desapareceram os dois, num abrir e fechar de olhos, deixando na casa um desagradável cheiro de cachimbo e a recordação mais grata de uma desafiante blusa sem sutiã, coberta abruptamente com o anoraque)

12

Você foi a Grafton Terrace, para onde a família se mudara em março de 1856, graças à herança deixada pela mãe de Jenny

situada nos arredores de Hampstead Head, faz parte de um bairro novo, com casinhas individuais, na fronteira entre a cidade e o campo

tudo parece uma edição em miniatura dos bairros aristocráticos, as comunicações com o centro são ruins e Marx deve percorrer um trajeto a pé de três horas diárias para ir e voltar do Museu Britânico

(um passageiro a pé, evocava Laura com humor)

mas depois do inferno de Dean Street, Jenny e as filhas acreditam desfrutar da glória do paraíso

os viçosos e verdes prados onde pastam cordeiros, cabras e cavalos contrastam nitidamente com os contornos imprecisos da cidade esmaecida pela fumaça e pela névoa

(a casa, escreveu Jenny ao meio irmão Fernand, um dos pilares do execrado regime prussiano, compõe-se de um porão com cozinha, lavanderia e breakfast-room, um térreo com dois salões, um primeiro andar com uma sala de estar espaçosa, quarto de dormir e um armário debaixo da escada, um segundo andar com disposição idêntica e, em cima, um amplo sótão para guardar malas e caixas

o jardim dos fundos é minúsculo, mas dá para instalar um galinheiro)

depois de se perder no caminho e enlamear os sapatos nos lodaçais de Maitland Park, finalmente você descobriu a casa, subsistem os oito degraus da nobre escadaria de pedra

(você imaginava o gesto de cabeça aprobatório do editor diante dessa súbita riqueza de detalhes)

você bateu à porta e esperou a chegada de Lenchen para anunciar a visita à senhora

(embora a mobília dos salões, comprada por preços módicos, formasse uma mistura estranha de rococó e popularesco, o conjunto parecia confortável)
Jenny apareceu pouco depois
sente-se, por favor, no sofá estará mais confortável!
(o retrato, imbecil, impôs o editor)
a "moça mais bonita de Tréveros", "rainha dos bailes", "criada numa linda mansão rodeada de jardins", segundo os cronistas da época, era de pele suave e branca, rosto ovalado e bonito, olhos grandes azul-claros e usava os cabelos louros amarrados em cachos, com um rolo de cabelos naturais artisticamente enfeitado como em seus tempos renanos de juventude
vestia com elegante desleixo uma roupa decotada que deixava os ombros de fora
Lenchen mantinha-se de pé junto dela e você as ouviu cochichar a seu respeito em alemão
(não seria você esse senhor de quem Jennychen lhes havia falado, que passava o tempo escrevendo sobre eles e bisbilhotando suas vidas?)
a palavra é sua, disse com voz suave, sou toda ouvidos!
gaguejando, você lhe expôs em grandes traços seu projeto, queria mostrar que no exato momento do enterro do comunismo e da quebra desse sistema, quando a doutrina do marido caíra no maior descrédito e o mundo inteiro se submetia de bom grado ou à força à dura lex, sed lex do monetarismo e do livre mercado, o suposto salto à frente era simultaneamente um salto atrás, as coisas tinham voltado ao ponto de partida do apogeu burguês da Revolução Industrial! quatro quintos da humanidade viviam em condições de pobreza, milhões de crianças morriam de fome em meio à rasteira e abjeta indiferença, exaltado com as próprias vitórias e com a morte do inimigo, o capitalismo reinante na Europa e na América continuava a ser, como reconheciam seus críticos mais lúcidos, selva-

gemente destrutivo, baseado no lucro imediato e no esquecimento das responsabilidades cívicas e enquanto nacionalismos agressivos, lutas interétnicas e purificações raciais se propagavam do mundo subdesenvolvido ao centro do mundo europeu, todos vocês assistiam impotentes ao desperdício dos absurdos orçamentos militares, à pilhagem de nações e continentes inteiros, à devastação sistemática do planeta com seus mares contaminados e florestas doentes!
o desaparecimento do sistema marxista como forma de governo não augurava ao mesmo tempo a necessidade irrefutável de um novo Marx?
Jenny escutava atentamente suas palavras, pedira a Lenchen que servisse o chá e parecia concordar em silêncio com o que você dizia, universitários e repórteres do mundo inteiro a assediavam diariamente com perguntas tratando de arrancar-lhe anedotas para ridicularizar o marido, apontar seus erros monumentais e desmentidos prognósticos, caçoar, em suma, como diziam, de sua falsa condição de profeta, sem se dar ao trabalho de ler nem de comprovar *de visu* que as denúncias dele continuavam vigorando, e se as mal chamadas democracias populares tinham desmoronado por mutilar e aplicar erradamente o corpus de sua doutrina, o capitalismo mantinha-se idêntico ao que ele descrevera, conquistando e arrasando tudo o que achasse em seu caminho, incapaz de varrer sequer a pobreza acumulada em seu próprio quintal, a penúria e o abandono dos desempregados de Londres e Manchester!
que sabiam eles, esses debochados ignaros bisbilhotando vidas alheias, a respeito da tenacidade teórica de Mouro em seu exílio em Bruxelas? a respeito de sua luta sem trégua contra uma sociedade cujos mecanismos ele desnudou pela primeira vez, a respeito da elaboração linha por

linha de suas teorias em condições de inacreditável miséria? era fácil falar das facadas dadas em Engels e das caixas de vinho enviadas por ele, da inépcia para manter a família e do recebimento de heranças! caso se pusesse a trabalhar com salário fixo para garantir a subsistência, quem teria escrito os livros cujo conteúdo abalou o mundo? diga-me, quem dessa plêiade de exilados românticos, conspiradores de opereta, revolucionários de comícios e aventureiros falantes teria provado que a base da civilização consiste na exploração de uma classe por outra, e que se isso significava um avanço com respeito à barbárie primitiva, era feito às custas de avivar as paixões e os instintos mais egoístas e brutais do homem, promovendo-os a lei única em detrimento de suas faculdades mais nobres? sim, senhor, só ele era capaz de fazê-lo e por isso aceitei, com o apoio incalculável de Lenchen, todas as mesquinharias e tragédias de Dean Street, inclusive a morte de meus filhos! o que sabem essas senhoras do mundo editorial e os meios de comunicação que agora estão passando um seriado de televisão sobre mim, em troca, por que não, de uma quantia de dinheiro com a qual poderíamos ter vivido sete vidas, a respeito do que foi a morte de minha pequena Franziska? passaram conosco a noite em que, depois de dias e dias de sofrimento, ficamos meu marido e eu deitados no chão com nossos três filhos vivos, junto daquele corpinho inanimado, lívido e hirto? experimentaram alguma vez a dor de ver se apagar uma menina que nasceu sem berço e morreu sem enterro, pois não teve nem um nem outro por falta de meios e precisei procurar, catar um minúsculo caixão de madeira de duas libras, emprestadas por um refugiado caridoso? por acaso viram uma criaturinha metida como um boneco de cera numa caixa de sapatos enquanto a arrancam dos braços da mãe e levam-na para o cemitério?

(a intensidade de sua voz aumentara paulatinamente até chegar a um grito
Lenchen apareceu um instante, assustada, e voltou pouco depois com o chá)
sim, o que sabem essas almas distintas a respeito do trajeto de Dean Street até o cemitério de Tottenham Court Road, primeiro com Guido, depois com Franziska e afinal com Musch, está me ouvindo? Musch!! nascera oito anos antes em Bruxelas, suportara essa vida de refugiados em pensões e hotéis mal-afamados até ir bater no inferno de Dean Street! o único filho, inteligente, doce, original, carinhoso, vivo, me escrevia cartas adoráveis e ria mostrando todos os dentes quando Karl e eu o chamávamos de coronel Musch! também ele, meu filho, levado em três semanas pela tuberculose e nossas condições de vida precárias! veja o retrato dele, esse garotinho de olhos imensos que pareciam devorar o mundo antes de ser devorado por ele! nosso desconsolo durará para sempre, a ferida jamais cicatrizará! como descrever ou filmar o séquito fúnebre até o cemitério? que menino-ator prodígio procurarão os produtores do seriado para representar o papel de Musch? poderá rir como ele, pular sobre meus joelhos, beijar com seus lábios meus lábios, encarapitar-se nos ombros de Mouro e puxar-lhe alegremente os cabelos? saberá que o contemplarei com todo o ódio do mundo, a ele, um ser inocente, na ignorância de que substitui o verdadeiro e reaviva inutilmente minha dor? vão maquiá-lo para lhe dar um aspecto macilento e doentio, ocultarão suas faces saudáveis e rosadas para adequar sua aparência à de meu pobre Musch?
(gritava, gritava de novo)
não! tudo o que escrevi sobre ele, meus breves esboços de uma vida agitada, não expressa nem uma sombra da dor real! que importa depois disso que o médico nos exigisse os honorários e que tivéssemos de correr de novo

com Lenchen à casa de penhor? nossos gestos enlouquecidos iam restituir a vida do meu filho? Mouro também fugia daquele horror e se refugiava no silêncio do Museu Britânico! a casa de Dean Street havia se transformado em cemitério, seus pobres móveis, em lápides e caixões! não podíamos continuar ali sem tocar a presença da morte, esse pássaro imenso de asas grandes adejava na rua e parecia espreitar minhas filhas!, pergunte, por favor, a todos que cavilam e discursam sobre o fim das ideologias se suportariam um só dia de suas vidas a sorte que nos coube, a Mouro e a mim! a sociedade em que vivem encobre cuidadosamente as próprias taras, mas se parece cada vez mais com a nossa! nunca lhes ocorreu aproximar-se de madrugada das estações e bocas do metrô? leram o relatório publicado em *The Observer* sobre a exploração do trabalho infantil em sítios e fábricas? meninos de dez anos que vão diretamente da escola para a oficina! um garoto de doze trabalhando por menos de uma libra de hoje por hora numa tarefa perigosa e outro com o dedo cortado por uma máquina! tudo isso em nome da sacrossanta livre empresa e com o conhecimento e aval de nossos respeitáveis governantes! e o fechamento das minas de carvão e o exército de desempregados na rua enquanto esses senhores continuam com seus dispendiosos e inúteis programas de Defesa! creia-me, a História não acabou, por mais que sustentem o contrário os estilistas e costureiros de idéias! ignoram de verdade essas cabeças ocas o mundo criminoso em que vivem, a espiral de catástrofes que os sorverá de vez? deixe-os, deixe-os pontificar como querem em tronos televisivos et rira bien qui rira le dernier!

13

AÇÃO, AÇÃO!!

sim, mas como?

lançando-se numa descrição realista ou num monólogo íntimo de Mouro, preso em casa como um leão na jaula por falta de sapatos, empenhados na véspera no monte-de-socorro?

retratando em tom patético, e as circunstâncias se prestavam a isso, o parto e a morte imediata do sétimo rebento de Jenny, obrigada a ficar de cama durante semanas num estado de prostração beirando a ataraxia?

relatando o falecimento inesperado de Marianne, meia irmã de Lenchen, doce, fiel e trabalhadeira como ela, segundo as palavras de Jenny, depois de cinco anos de leais e abnegados serviços a uma família eternamente à beira da falência e seu enterro em plenas festas natalinas com o energúmeno da funerária reclamando aos gritos na frente das meninas o recebimento de suas nojentas sete libras e meia?

uma chamada telefônica o assustou

você ouviu a voz excitada de mister Faulkner

alô, corra, nosso personagem está na delegacia do Soho!

você: o quê?

ele: sim, a grande notícia! e não, como caberia esperar, por sua ação revolucionária, mas por causa da denúncia do dono de uma casa de penhor por apropriação de bens alheios! acabo de escutar agora mesmo na Rádio Relógio!

você foi correndo para a rua, pegou um táxi, chegou à delegacia do Soho assediada por uma malta de jornalistas, curiosos e equipes de televisão

os policiais tinham fechado a porta e, enquanto os enviados de alguns canais faziam substanciais ofertas de suborno aos guardas que estavam de plantão para uma entrevista exclusiva com o açoite implacável da burguesia flagrado, afinal, com as mãos na massa, outros vigiavam a saída dos

fundos do prédio por onde, segundo os sabichões, Jenny e Lenchen teriam escapado disfarçadas de senhoras turcas
a espera terminou ao meio-dia, com a leitura, por um amigo da família, de um comunicado que esclarecia os fatos e desculpava totalmente o doutor Marx
a chegada deste à casa de penhor com uma baixela de prata lavrada com o monograma de uma das grandes linhagens da nobreza alemã despertara a desconfiança do dono diante daquele estrangeiro barbudo e vestido com desmazelo e que pretendia ser o marido de uma Von Westphalen!
o prestamista avisara à polícia e o suspeito foi conduzido a uma delegacia à espera de que seus irados clamores de inocência fossem confirmados pela família!
um erro, tudo havia sido um erro monumental e o agiota fora obrigado a apresentar suas desculpas!
mas a malta de ex-comunistas e de paparazzi aglomerada diante da delegacia não se dava por satisfeita, exigia uma acareação com o interessado, reclamava o direito de fotografá-lo trancado na cela!
as perguntas, formuladas com microfones, assediavam o coitado porta-voz da família
(seria Liebknecht ou o pobre Wolff?)

UM JORNALISTA DA NBC

> na correspondência com Engels figura a seguinte frase ''preferiria estar a cem pés debaixo da terra a continuar como estou!'', em sua opinião, o doutor Marx, ao escrevê-la, pensava seriamente em dar fim a seus dias ou era só uma artimanha para obter nova ajuda de seu benfeitor?

UM MARXÓLOGO HÚNGARO:

> em outro trecho da correspondência endereçada a Engels, o doutor Marx escreve ''inclusive se quisesse reduzir os gastos a um mínimo vital, por exemplo tirar as meninas do colégio, instalar-me numa casa absolutamente proletária, despedir as empregadas, viver

a pão e água, o leilão de meus móveis não bastaria para acalmar os credores que nos cercam nem para facilitar uma retirada sem obstáculos até uma guarita qualquer"! o senhor não acha que essa exibição de respeitabilidade da qual ele mesmo fala, o típico quero e não posso dos pequeno-burgueses, foi a verdadeira causa das agruras e dos lances tragicômicos de seus primeiros quinze anos londrinos?

UM NEOLIBERAL DEFENSOR DO "PENSAMENTO FRACO"

ainda que o estudo minucioso de Willy Haas sobre a correspondência Marx-Engels admita que a vida dispendiosa e excêntrica do autor de *O capital* o tenha levado a passar por períodos de verdadeira miséria, mostra com clareza que seu nível de vida sempre foi incomparavelmente superior ao da classe trabalhadora inglesa!

UMA POPULAR APRESENTADORA DA TV-1

por favor, duas perguntas

primeira, é verdade que Karl Marx escreveu "minha mulher perdeu completamente o equilíbrio psíquico e com seus gemidos, sua irritabilidade e seu mau humor faz as meninas sofrerem um verdadeiro martírio, embora elas suportem tudo com paciência exemplar"?

segunda, se isso é fato, quem o senhor acredita ser o culpado por tal desequilíbrio?

o barulho e a gritaria vindos dos fundos do prédio interromperam aquele interrogatório por procuração

escondidos dentro de um furgão da polícia, os personagens centrais deste malfadado romance tinham escapado ao cerco em regra da informação audiovisual e escrita e se dirigiam para um destino ignorado acompanhados pelo escarcéu da endiabrada sirene!

14

Um anúncio pago pelo seu editor, solicitando "depoimentos de sobreviventes e vítimas do socialismo real assim como sua atual percepção da figura de Marx", provocou uma avalanche de telefonemas para sua casa, forçando-o primeiro a tirar o telefone do gancho e depois a exigir a instalação de uma secretária eletrônica

(com que direito mister Faulkner tomava iniciativas sem consultá-lo e complicava inutilmente seu já intrincado trabalho?)

quando, encastelado na sua inexpugnável residência, você se acreditava a salvo de inoportunas testemunhas, ouviu um ruído de passos violentos mas dubitativos nas tábuas do corredor do andar, seguidos, após uma pausa, por um toque de campainha curto e enérgico

você avistou pelo olho mágico um homem da sua idade, de aparência eslava, cabelos louros grisalhos, olhos claros, rosto camponês, sobrancelhas rurais, barba de vários dias por fazer

vestia um casaco rústico e calças grosseiras, presas ao tornozelo por umas pobres botas de soldado

embora o trabalho acumulado fosse enorme, o editor o obrigava a cumprir os prazos fixados para a entrega por partes do manuscrito, e embora a sua crescente identificação com o personagem Mouro tivesse convocado a suas omoplatas uma das freqüentes crises de furúnculos dele, a curiosidade foi mais forte, você abriu o ferrolho

permita-me que me apresente! chamo-me Ángel García e era cidadão soviético até o dia em que reduziram por decreto minha ampla e genérica nacionalidade ao âmbito estritamente russo!

você: no entanto, seu sobrenome

(o forasteiro mostrou ao rir a dentadura com falhas)

ele: sou um dos meninos asturianos refugiados durante a guerra da Espanha, meus pais ali morreram e embarquei com a idade de quatro anos, junto com várias centenas de órfãos, num navio que nos levou a Leningrado e, desde então, vivo na ex-União Soviética
você: e agora? regressou?
ele: fui soviético toda a minha vida e o serei até o fim!
(tirou do bolso um cigarro mal enrolado e fedorento sem reclamar, você o deixou acendê-lo com um isqueiro antiquado e esquisito)
sim, amigo, passei de uma guerra à outra, a escola-lar na qual nos receberam teve de ser evacuada e virei refugiado em dose dupla, fugindo como os outros rapazolas do avanço alemão até uma colônia mais para lá dos Urais! vivíamos na época do Georgiano, do grande Iosif Vissarianovitch! educaram-nos no culto a sua pessoa, síntese e suma de todas as virtudes e grandezas! era nosso Pai e Chefe bem-amado! pensávamos nele dia e noite, agradecíamos seus favores, admirávamos sua infinita bondade, sabedoria e clarividência! aprendíamos de cor suas recomendações, odiávamos seus inimigos! sabíamos que alguns se infiltravam entre nós e fingiam reverenciá-lo também para executar planos de sabotagem econômica e de terrorismo! ainda que fossem pais, irmãos ou amigos, nosso dever era denunciá-los sem a menor hesitação, provar assim nosso patriotismo e lealdade a quem nos amparava e indicava o caminho de uma Revolução destinada a liquidar com todas as injustiças! quantas vezes sonhei em sacrificar-me e morrer por ele! em provar-lhe meu amor e minha fidelidade desmascarando um nazi-trotskista! suplicava-lhe que me concedesse a graça de descobrir algum complô e fazer parte do pelotão de fuzilamento que eliminaria implacavelmente o lixo da face da Terra! nosso culto era como uma religião, eu me sentia, hoje penso, como um desses católicos das Cruzadas ou da Inquisição,

ansiosos para degolar infiéis e queimar judeus! mas não agíamos a serviço dessas crenças supersticiosas e sim de um ideal internacionalista e científico! esse paralelo, claro, eu então não traçava, vivíamos num estado de exaltação que excluía qualquer reflexão crítica! nada contava, exceto Ele! o beijo de amor da moça mais bonita não valia nada comparado com seu ósculo paternal, tantas vezes imaginado, na minha testa e nas minhas faces! sua bênção me acompanhava no dormitório, na sala de aula, no pátio da escola, nas tarefas do trabalho voluntário no campo! se eu prosseguisse os estudos e chegasse a médico, seria por Ele! eu era apenas uma criatura insignificante, uma partícula infinitesimal! podia morrer semelhante gênio? desaparecer da abóbada de nosso firmamento e deixar subitamente de nos instruir? eu achava isso impossível! por acaso a terra subsistiria sem o sol que a alimenta, mergulhada na escuridão até o fim dos séculos? e entretanto assim foi, o astro se apagou, seus raios deixaram de aquecer-nos e senti-me de repente frio e desamparado, sem pai nem mãe, sem nada do que me prendia solidamente à vida! o senhor não viu as cenas de dor no enterro? o formigueiro humano, empurrões, gritos, pisoteios, correrias, morte por asfixia? que outro presidente ou chefe poderia se gabar em sua morte de causar tamanha ansiedade chegando às raias do delírio? era um tirano, como depois disseram? nós amávamos a tirania! executara friamente milhões de inocentes? nenhum indivíduo poderia ser inocente se, a seu ver, incorresse em algum delito de conspiração ou desviacionismo! nós todos escutávamos incrédulos seus mesquinhos sucessores quando destilavam o fel invejoso, revelavam em surdina e a conta-gotas seus alegados abusos e crimes! assistíamos impotentes ao fim de seu culto, ao desaparecimento de seus retratos, de suas estátuas e símbolos! em nossa raiva e em nosso abandono nos refugiávamos na veneração a Vladimir Illich e aos pais do socialismo científico! eles continuavam nos altares, objeto de respeito universal, e iluminavam-nos com seu exemplo e suas doutrinas! assim, acostumamo-nos pouco a pouco a reverenciá-los no lugar do Ausente, com menos paixão, é verdade, mas maior conhecimento de sua doutrina! pouco importava que nossa vida fosse dura, que sofrêssemos de escassez de moradias e de penúria de alimentos se éramos os pioneiros de um mundo melhor, a vanguarda vitoriosa do comunismo! a certeza de seguir o caminho certo, de abrir uma brecha libertadora no muro do egoísmo e de interesses que impedia que a humanidade alcançasse seu radiante futuro, confortava-nos e enchia-nos de alegria! Marx, Engels e Vladimir Illich tinham posto suas vidas a serviço da humanidade e éramos seus fiéis, orgulhosos discípulos! lembro do dia em que um companheiro de faculdade me veio com a história de que Marx era um judeu pró-alemão e anti-russo e eu caí das nuvens! em outros tempos o teriam fuzilado e ele teve a sorte de só perder os dentes! a deterioração geral do sistema gerava inquietações e queixas, o imperialismo declinante atolado no Vietnã nos submetia a um cerco inexorável, mas éramos a segunda potência do mundo e podíamos resistir! quem poderia imaginar há alguns anos o que aconteceria depois? os que confiavam em que uma equipe de jovens para substituir os velhos resolveria as coisas e voltaria às fontes mais puras do marxismo se equivocaram de cabo a rabo! as tão faladas transparência, reestruturação, abertura só fizeram agravar a crise, abrir a caixa de Pandora e inundar-nos com todos os males e vícios do inimigo! o que conseguiram esses renovadores, a não ser desmantelar o país, entregar-nos de pés e mãos amarrados ao capitalismo mais cruel e selvagem, deixar milhões de pessoas sem trabalho, desvalorizar a moeda a um milésimo de seu valor, jogar oitenta por cento da população na mais negra miséria, liquidar nosso orgulho de su-

perpotência e transformar-nos no novo doente das chancelarias européias cujos despojos a corja reparte? o senhor imagina o sumo pontífice católico, apostólico e romano declarar solenemente aos fiéis que Cristo errou, que a Igreja foi uma empreitada de equívocos e de exploração e que daqui para a frente seria proibida? qual teria sido sua reação de estupor, desconcerto, fúria? e foi isso que despencou em cima de nós! vá, meu amigo, a Moscou, Kiev e a isso que agora chamam de São Petersburgo ou a qualquer outra cidade soviética! verá russos e ucranianos confrontando-se, azeris em luta contra os armênios, inguches, abcásios e muçulmanos perseguidos, cidadãos até há pouco irmãos metidos em guerras étnicas e ódios fratricidas! a isso vocês chamam de liberdade e progresso? os responsáveis por esse desastre, que vocês recebem como heróis, deveriam ser julgados por alta traição, condenados a morrer como cachorros! aproxime-se, aproxime-se de nossas ruas e verá a massa desnorteada dos desocupados, o exército de bebedores de vodca, a invasão das drogas, a prostituição infantil, o comércio de virgens por um punhado de dólares!
(acabara-se a fita do gravador em que você gravava a torrente de suas palavras e ele parou impaciente enquanto você a trocava)
ouça, camarada, ao que parece o senhor tem acesso direto a Marx e eu gostaria de lhe pedir um favor! repita-lhe ponto por ponto tudo o que lhe conto! diga-lhe que não se acovarde e novamente levante a voz! somos dezenas e dezenas de milhões os soviéticos que nos sacrificamos e lutamos pelo triunfo de sua doutrina! se os seus discípulos a aplicaram mal, ele tem o dever de mostrar onde falharam e, como na época em que revelou as violências e as artimanhas do Capital, analisar a realidade monstruosa criada em meu país por um punhado de títeres e lacaios, e exercer outra vez seu indispensável e precioso papel de guia!

15

Você o espreitava nos lamaçais de Maitland Park, na hora em que, carregado de livros e jornais, ele voltava para casa após um dia de leituras e consultas no Museu Britânico
você avistou ao longe a silhueta de um homem robusto, de meia-idade, vestido com uma velha sobrecasaca cobrindo o engomado plastrom, de barba e cabelos pretos e ondulados, com todo o jeito de um professor de universidade (o emigrado russo Pavel Annenkin o havia descrito assim, mas esse retrato, feito em Bruxelas, não datava de dez anos atrás?)
ao chegar perto de você, ele o reconheceu
como vai o senhor romancista? ainda nos investigando?
você riu com vontade e lamentou que o aspecto provisório e baldio do local não lhes permitisse tomar uma bebidinha, como na época em que ele vivia no Soho
ele se acostumara a reunir-se com os companheiros em Windmill Street ou nos pubs de Tottenham Court Road, disse, e sentia saudades da agitação das ruas de Hampstead e do West End, da ronda diária pelas tabernas que o ajudavam a esquecer momentaneamente o trabalho e as preocupações domésticas, ali, nos arrabaldes, a gente só tropeçava com rebanhos e ele, depois da bendita mudança, começava a ter um horror cordial pelo campo!
além disso, os jornalistas e as equipes de televisão o localizavam facilmente, procurá-lo no Soho era como catar agulha no palheiro, nem os repórteres mais cães de caça podiam descobrir um galgo camuflado entre os grupos de bebedores, perdido no burburinho e na agitação da cidade!
agora me esperam como o senhor, desculpe, nesses descampados onde não tenho como me esconder, às vezes com a câmera e o equipamento de som prontos, para perguntar-me pela enésima vez não só o que penso a res-

peito da queda do comunismo mas para importunar-me também com deboches e assuntos pessoais!
(imitou o sotaque dos locutores da NBC)
não incomoda ao autor da teoria do valor trabalho o fato de viver à base de expedientes como um vulgar trapaceiro? o senhor, que prega no *Manifesto comunista* a abolição do direito à herança, por que recebeu como águas de março as da mãe e da sogra? sua amizade com Engels se baseia em afinidades puramente ideológicas ou se prende também a interesses materiais mais baixos? por que esse jogo entre o senhor e Jenny de pedir ajuda a alguém contanto que um dos dois se cale e não informe o consorte? enquanto ela pedia auxílio a Wolff, o senhor o fazia a Annenkov, ambos impondo a regra do silêncio! considera tal atitude um exemplo de harmonia e comunicação em um casamento tido como exemplar? sim, senhor romancista, esse é o tipo de pergunta com que me atacam os dignos representantes da televisão internacional e a imprensa marrom! sem esquecer, só faltava essa, minhas visitas a Zaltbommel, não tanto para dar uma facada no meu tio Lion Philips, mas para deixar-me seduzir pelos encantos de sua filha Nanette! imagine o senhor o questionário! é verdade que lhe faço galanteios? por que prolongou sua temporada na Holanda, deixando Jenny e as filhas geladas de frio em Londres durante as festas natalinas? as cartas de Nanette e o carinhoso apelido de paxá pelo qual ela o chama não são claros indícios da existência de uma aventura amorosa? o pretexto oficial de curar os furúnculos ou o tumor inflamado não foi o jogo da bela Zurlina com Masetto na famosa cena de *Don Giovanni*, e assim tutti quanti! tal como nesses programas de televisão tão populares em que fazem separadamente perguntas íntimas a um casal para rir às custas dos dois, com nomes tão engenhosos como "O senhor e sua costela" ou "Sua cara-metade!", isso é tudo que eles querem saber! se são

Paulo ressuscitasse e pregasse em Roma, esses senhores, em vez de escutá-lo, correriam para averiguar se tinha uma namorada ou o número e o saldo de sua conta bancária! pouco se lhes dá que a ruptura do equilíbrio entre os dois blocos haja afundado o mundo em calamidades e guerras, que ardam as cidades, que morram comunidades inteiras e que dezenas de milhões de pessoas percam o emprego! o que apaixona o público são os olhos pretos, os músculos, os peitos redondos e firmes de Nanette!
(você aproveitou a pausa para passar-lhe uma transcrição datilografada do testemunho de seu visitante soviético
Mouro espiou atentamente, na mesma hora)
você: o interessante nesse indivíduo é que ele coloca sem se propor a tal o problema do poder, da alienação criada pela falta de democracia interna no movimento comunista responsável pelo culto da personalidade e pela condenação implacável ao desviacionismo! como as coisas chegaram a esse ponto, a tais extremos de deificação? foi o peso da tradição absolutista do czarismo, o caráter psicopata de Stalin ou o problema vem de mais longe, isso é, da Internacional que o senhor dirigiu? dos seus textos e palavras deduz-se com freqüência que o senhor faz coincidir sua visão da realidade com a própria realidade! quando Engels, na cerimônia fúnebre de Highgate
(um gemido em off o interrompeu no meio da frase
com os diabos! como o senhor pode estar falando com Marx de seu próprio enterro?)
quando Engels, repito, disse que, da mesma forma que Darwin descobriu a lei da natureza orgânica, o senhor descobriu a que rege a história humana, por acaso não transformou suas observações lúcidas mas discutíveis em uma ciência de validade universal? por que omitiu o fato capital de que ao elaborar suas teorias o senhor deixou de lado todos os elementos que a contradiziam e, a partir da

descoberta do que julgava verdade irrefutável, procurou apenas as provas que a confirmassem mediante um filtro que excluía toda investigação contrária? mais que de infalibilidade científica haveria que falar de infalibilidade de crenças!
ele (sempre de bom humor): vejo que digeriu bem as leituras que estão na moda!
você: bem, o que queria dizer era que, quando o senhor e Engels decidiam uma determinada linha política, impunham-na dogmaticamente aos outros! os que discordavam de seus pontos de vista eram imediatamente suspeitos e todas as armas serviam para aniquilá-los! Weitling, Bakunin, Lassalle eram acusados de ser provocadores pagos, crápulas com todas as letras, agentes financiados pelo inimigo! sua obsessão com os complôs urdidos por seus adversários não se diferenciava, a não ser em grau, dos complôs das hienas e dos chacais denunciados por Iosif Vissarianovitch! a correspondência com Engels reúne uma triste antologia de acusações, condenações e insultos frutos do mesmo prazer íntimo com que o senhor, segundo Karl Heizen, apontava nas reuniões de juventude algum dos seus camaradas e lhe assestava de imediato um "você, vou destruí-lo!", pois bem, essa sua crença na existência de conspirações secretas não constituía o reverso da medalha da ânsia de poder denunciada por seus contemporâneos, ânsia de conseqüências duradouras no futuro do comunismo? As palavras de Mazzini

> Marx cuida de sua autoridade de chefe, vingativo e inflexível com os rivais e inimigos e não sossega enquanto não os elimina! apesar do igualitarismo comunista que figura em seu brasão, ele é o monarca absoluto do Partido!

não se encaixam como uma luva no retrato do Grande Georgiano?
(você pensou ouvir o cochicho de mister Faulkner: idéias

e abstrações demais! essas discussões aborrecem os leitores!)
ele: veja bem, senhor romancista, se quiser respeitar a verdade histórica, ponha as coisas em seu contexto! essas acusações, e muitas outras dos que foram incapazes de analisar os mecanismos destrutivos da burguesia contra quem romanticamente lutavam, com os anos foram se diluindo! durante o tempo em que fui presidente da Internacional, com minha aversão a qualquer culto do individual, nunca aceitei as propostas de homenagem e reconhecimento que choviam de todo lado! minha resposta foi absolutamente taxativa! e mais ainda, quando Engels e eu aderimos à Liga Comunista clandestina, eu o fiz com a condição de que qualquer um que pretendesse fomentar crenças irracionais na autoridade deveria ser expulso de seu seio! posso mostrar-lhe a carta que escrevi a Wilhem Blos sobre o tema, suficientemente explícita, creio, para encerrar de vez esse assunto!
(passo a passo vocês tinham se aproximado das três casas de azulejos, construídas de um modo um tanto extravagante, com balaustradas, varandas, enfeites pomposos e pedras nas quinas, nos terrenos loteáveis de Grafton Terrace
vocês caminhavam no meio do lodaçal e Mouro parou para contemplá-lo com zombeteira intensidade)
ele: a única observação de interesse que eu esperava do senhor não me foi feita!
você: que observação?
ele: sabe qual, senhor romancista?
você: para falar a verdade, não
ele: conhece a frase do conde de Beust, o chanceler austríaco, depois da revolução de 1848?
você: não tenho a menor idéia
ele: "haverá de se perguntar se não valeria a pena opor à associação universal dos operários uma associação uni-

versal dos patrões, à solidariedade da não-posse a da posse, à Internacional uma Contra-internacional!'', eis o que ele disse! clarividente, não?
(caiu numa dessas risadas que seus detratores qualificavam de demoníacas
carinhosamente, suas filhas também não o chamavam de o Diabo?)
e foi isso o que aconteceu! a Contra-internacional governa hoje o mundo com uma solidariedade de interesses que falta à massa dos despossuídos! acabou não só com o proletariado e com os sindicatos mas com o próprio Estado nacional burguês, transformado nesse conglomerado multinacional de empresas que hoje controlam as telecomunicações, a microeletrônica, computadores, biotecnologia e robótica, unificadas, apesar da feroz concorrência, num mercado planetário comum! cento e cinqüenta anos depois dos fatos, a história não deu razão ao *Manifesto comunista* mas aos ardorosos votos do senhor Beust! Beust, está me ouvindo bem? B-E-U-S-T!
(ria, ria)
em vez de se ocupar de minha modesta pessoa, de agora em diante o senhor deveria pôr no centro da história a figura grandiosa desse imortal chanceler!

16

a recepção de mister Faulkner seria glacial
o texto que você me apresenta é uma mera sucessão de desenhos, croquis, notas, apontamentos, esboços, bosquejos
(iria esgotar a lista do Dicionário de Sinônimos que estava em cima da mesa para cutucar bastante na ferida?)
sem fio condutor nem enredo, o leitor se sente perdido num mar de dados contraditórios e absurdos anacronis-

mos! cada vez que a história parece decolar você dá um jeito para desviá-la do caminho e mais uma vez voltar ao início, ao ponto zero, a nada! tem algo a objetar ao que estou dizendo?
você: o manuscrito é só um rascunho!
ele: a isso não chamo de rascunho, mas de uma sucessão de borrões, de páginas borradas! meu assessor e eu esperávamos de você uma história, real como a própria vida, com a glória e a miséria, a esperança e os fracassos de Marx e família, e não uma gaveta de sapateiro cheia de anotações, nem uma salada de idéias!
o assessor pequenino e de óculos: não há progressão dramática e sim um abuso da excusatio propter infirmitatem!
mister Faulkner: exatamente! os leitores de romances, assim como os espectadores de seriados de televisão, querem seguir uma trama de interesse que se sustente, com cenas humanas e tensas, sobrecarregadas de emoção!
(ele apertaria um botão e no mesmo instante se iluminaria a telinha da televisão
dois atores nos papéis de Mouro e Jenny permaneceriam em silêncio, olhando fixamente a câmera
ela segurava uma carta nas mãos

> JENNY (crispada): c'est vrai tout ce que raconte ta nièce? qu'est ce que ça veut dire "mon attachement pour vous n'a pas un caractère aussi philosophique que le vôtre"?
>
> corte
>
> KARL: ma chère Jenny, la façon de s'exprimer de Nanette est celle d'une gamine!
>
> novo corte
>
> JENNY: je veux connaître la vérité! dis-moi, Karl, quand tu es allé la voir à Zaltbommel, est-ce qu'il y a eu une romance entre vous?

bruscamente, a projeção parou)
Mister Faulkner: viu? os roteiristas franceses souberam captar o clima do drama familiar e compor uma cena patética!

o assessor: bem, a telenovela não é genial, mas serve de orientação, indica bem o caminho!
mister Faulkner: veja, rapaz, as coisas não podem continuar assim! segundo o estipulado no contrato, podemos interromper seus pagamentos mensais no meio do prazo fixado para a entrega se o produto oferecido não nos satisfizer e, do jeito que o negócio está pintando, recorreremos a essa cláusula, a menos que você nos ofereça um verdadeiro prato forte no próximo capítulo! uma cena trepidante de ação num ambiente mais bonito e atrativo, como o que marcou os novos dramas da família quando Engels conferiu ao denunciador implacável de *O capital* uma renda vitalícia anual de trezentas e cinqüenta libras!
(encerrada a conversa, você verificou aliviado que todo o diálogo fora obra de sua incurável mania de ridicularizar o próprio trabalho, de se preocupar doentiamente com o futuro e, no final das contas, de divagar)

III

1

Sua constância no assédio foi premiada!
quando você já perdia a esperança de continuar a redação deste variegado manuscrito, recebeu um convite de beiras douradas impresso com esmerada caligrafia

Dr. Karl Marx
e frau dr. Jenny Marx
em solteira Von Westphalen
têm o prazer de convidá-lo
para o baile oferecido em sua residência
Modena Villas, 1, Maitland Park, Haverstock Hill
London N.W.
no dia 12 de outubro de 1864

você sabia que desde o regresso de Mouro, de Tréveros, depois de receber a parte correspondente à herança materna, Jenny resolvera se mudar para uma casa mais espaçosa, a fim de encerrar o capítulo anterior de sua vida, de uma existência feita de precariedade e sofrimento, trevas e miséria
o novo domicílio da família Marx, logo chamado por esta de Medina, foi descrito minuciosamente por Jenny a seus amigos e parentes alemães, visivelmente feliz em

mostrar-lhes que a boêmia do passado e as agruras de sua condição de revolucionários haviam cedido lugar a uma nova respeitabilidade

lembra-se da capela na entrada do parque, ladeada por duas casas bonitas e elegantes, de construção recente? a primeira, não a que encosta na igreja mas aquela com a qual nos deparamos ao entrar no parque, é nossa casa atual! largos e bonitos degraus de pedra levam através de um espaçoso jardim até a casa, cujo vestíbulo grande e agradável impressiona qualquer um! compramos os chamados complementos do inquilino anterior e, em vez de sermos obrigados a mobiliar o mais economicamente possível, podemos nos dedicar agora à decoração e à arrumação, de modo que estamos em condições de receber sem nenhum incômodo! mas o melhor é sua localização indevassável e salutar, construída como está, dir-se-ia, por conta própria, sem vizinhos nem ninguém defronte e, ao mesmo tempo, com um jardim bem traçado!

enquanto se prepara mentalmente para a recepção, o indispensável prato forte de seu aleatório romance, você procura reunir o maior número de relatos detalhados do interior de Modena Villas

(não passe por sua cabeça, nem de brincadeira, chamá-la de Medina, advertiu-o o editor

os leitores pensariam que você ainda continua perdido em suas mourarias de sempre!)

o vasto salão com vista para o parque onde se realizaria o baile, o grande aposento do primeiro andar destinado a escritório de Marx, o pequeno museu shakespeariano de Jennychen, os quartos encantadores das filhas respondiam unicamente à necessidade de proporcionar às meninas um lugar adequado para receber as amigas sem rubor nem vergonha? de livrá-las daquele falso padrão de

vida que tinham, com aulas de francês, italiano, desenho e canto, mas numa casa com os móveis empenhados e volta e meia sem água, gás e o carvão indispensável para aquecê-la? como percebera frau Marx, confrontada diariamente com os problemas de intendência de Grafton Terrace, se alguém não tinha os meios de oferecer à prole nem fortuna nem absoluta independência material, como podia educá-la sem batismo, sem crenças nem igreja, ao arrepio das leis e dos costumes da sociedade?
a vontade de um divórcio social, onipresente no comportamento e nas cartas de Jenny, também não decorria de sua aceitação mais ou menos consciente do fato de que não chegaria a ver a Revolução prenunciada pelo marido, e da conseqüente necessidade de estabelecer um modus vivendi com a burguesia apesar de sua inarredável solidariedade com Mouro e da adesão aos princípios da Internacional?

2

Vestido adequadamente para a ocasião, você se apresenta à entrada de Maitland Park, entre Hampstead e Kentish Town, e, após localizar a capela descrita por Jenny, sobe os largos e bonitos degraus que levam ao pórtico, misturado com outros convidados para a faustosa recepção
os anfitriões recebem na porta, ela com um elegante vestido de modista digno dos que usava em seus bailes juvenis de Tréveros, ele de sobrecasaca e com um monóculo de correntinha, acompanhados pelas três filhas
(três pirralhas, teria dito seu pai)
Jennychen, cujos cabelos pretos e brilhantes contrastam com as faces rosadas de criança e os olhos profundos, suaves, parece uma figura fina e atrativa

Laura, mais esbelta e pálida, é deslumbrante com a formosura de seus traços, e suas tranças escuras compridas resplandecem como num contínuo fogo de artifício simples e auto-suficiente com seu chapeuzinho, Tussy, apoiada na saia-balão de suas irmãs, mostra as pernas finas e as botinas de amarrar, olhando para você ou para a câmera com pupilas travessas e alegres

(é uma criança mais graciosa que bonita, ansiosa em agradar e certa de consegui-lo, e parece ter alguma dificuldade em parar quieta diante da objetiva do fotógrafo que a retrata)

se seus cálculos não estão errados, as filhas do casal têm aproximadamente vinte, dezenove e nove anos

você procurará com o olhar a sortida coleção de animais domésticos da família

> o cachorro Blackie, cujo comportamento, segundo a correspondência de Mouro, é a de um cavalheiro sério e muito entediado
>
> Whiskey ou Master, o secretário de Lenchen, um nobre e grande personagem que, a cada ausência de sua dona, exibe os sofrimentos de uma alma sublime
>
> sua colega Tommy, decidida a multiplicar a descendência, a fim de comprovar a verdade das teorias de Malthus
>
> o gato Sambo
>
> um pássaro chamado Calypso
>
> outro chamado Dicky, absorto na contínua tarefa de aperfeiçoar sua linda voz

lacaios de libré servem bebidas alcoólicas e refrescos em bandejas de prata, uma pequena orquestra de baile prepara-se para iniciar o repertório dos impacientes jovens casais

o escritório de Mouro onde indiscretamente você se mete mostra a desordem de sempre apesar da fulgurante mudança de status, manuscritos copiados por Jenny, livros, jornais, cachimbos, cinzeiros, charutos, fósforos, fotos de família, de Engels e do abnegado Wilhelm Wolff

levado pela curiosidade, você examina a lombada dos exemplares enfileirados na biblioteca, centenas de obras de filosofia, história, economia, política, mas também poesias de Heine, romances de Fielding, Cervantes, Balzac, Dumas pai, sir Walter Scott

(você se lembra que desde que as meninas chegaram à idade da razão, ele costuma ler para elas trechos de Homero, *Os nibelungos*, o *Quixote*, recitar-lhes cenas inteiras de Shakespeare que Tussy memoriza apenas completados seis anos

momentaneamente isolado dos outros, você aproveitará a ocasião para rememorar o ritual dos passeios dominicais deles, das batalhas navais com barcos de papel e dos contos de fadas, das excursões aos morrinhos ainda agrestes de Hampstead Heath com Jenny e Liebknecht precedidos pelas crianças e seguidos por Lenchen, com suas cestas de pão, queijo, salames e lingüiças e refrescos, cantando canções do folclore alemão, declamando versos da *Divina comédia* ou o monólogo atormentado de Hamlet)

o início da música acaba com as divagações, você é devolvido a Medina, à festa inaugural de Maitland Park

(vão cantar em dueto, Laura e Jennychen, as canções aprendidas às custas de tantos sacrifícios pecuniários nas aulas particulares do South Hampstead College for Ladies?)

o grande salão está lotado de moças na faixa dos vinte anos, com irmãos e amigos, as saias armadas rodopiam e ondeiam ao som da dança, os trajes masculinos parecem desenhados para um filme de época, com todos os pormenores cuidadosamente conferidos pelo diretor

juntas novamente diante dos janelões abertos para o parque, Laura e Jennychen, com seus respectivos acompanhantes, aguardam só um sinal para exibir sua elegante habilidade e o conhecimento das maneiras mundanas

eh, les garçons, un peu plus à droite! le blond ne doit pas cacher la crinoline de Jennychen!
(quem é o mandão que grita atrás de você?)
a rigidez artificial dos personagens do quadro dá-lhe de repente uma difusa sensação de mal-estar
por que ensaiam a cena da abertura do baile enquanto os músicos afinam ociosamente seus instrumentos sem poder evitar um que outro bocejo?
só então você percebe a presença na sala ao lado, separada da principal por um arco sem porta, de uma equipe de filmagem com câmera, luzes, som, girafa e microfone
(trata-se de um vídeo gravado para a família ou de um filme dentro dos conformes?)
Marx e esposa também esperam discretamente maquiados e com os trajes de gala a supervisão do diretor! ele com o monóculo de correntinha ajustado no globo ocular, ela com um sorriso vazio e artificial!
a haste com o microfone penderá em cima de suas cabeças durante alguns intermináveis minutos
afinal, uma script-girl de jeans e blusa com o retrato dos California Breakers se plantará no primeiro plano
voz do diretor: todo mundo pronto?
(murmúrios afirmativos, um risinho histérico)
AÇÃO!!
a script-girl: *La baronne rouge*, seqüência primeira, tomada dois!
na mesma hora soará, guilhotinadora, a batida da claquete!

3

Os casais serão filmados de diferentes ângulos pela câmara portátil, tomando-se o cuidado de focar sempre a objetiva na figura das filhas, Cinderelas nos braços de seus príncipes, radiantes de orgulho e satisfação!

as imagens dos músicos tocando os instrumentos alternarão com os primeiros planos de Laura e Jennychen

PARCEIRO DE DANÇA DE JENNYCHEN: *você costuma ir a recepções e festas?*

ELA (*enrubescendo*): *não, é a primeira vez!*

Tussy e outras meninas da sua idade jogam num canto da biblioteca e a pequenina exibe diante das outras seus portentosos dotes de enxadrista

novos grupos de convidados dirigem-se para a porta da mansão e cumprimentam com beija-mãos e reverências os anfitriões de Modena Villas

entre os recém-chegados está a condessa Hatzfeldt, amante oficial de Lassalle, que Mouro conheceu anos atrás, e Marx vai admirar mais uma vez seu encanto e sua negligência aristocrática, os modos desembaraçados, os cabelos penteados com esmero mas com uma mecha rebelde, os olhos discretamente sombreados, o rosto atrativo de mulher madura de olhos úmidos e lábios carnudos irresistivelmente atraído por ela, cochichará umas palavras de desculpas a Jenny e a tirará para dançar

CONDESSA HATZFELDT: *é assim que nos agradece a amizade que lhe dedicamos, indo-se de Berlim quando seus negócios o permitiram?*

KARL MARX: *meu único recurso era empreender a fuga! caso contrário, não teria sido capaz de regressar a Londres, onde o dever me chamava!*

CONDESSA HATZFELDT: *quanta gentileza dizer a uma dama que sua amabilidade é suficiente para provocar uma fuga!*

KARL MARX: *a senhora não é de Berlim! se tivesse desejado mostrar-me a sinceridade de sua benevolência, deveria ter fugido comigo*

CONDESSA HATZFELDT: *tenho muito medo de que nesse caso o senhor tivesse me abandonado na primeira baldeação!*

KARL MARX: *não estou tão certo de que a teria deixado em perigo! a senhora sabe que quando Teseu fugiu com a beleza grega e a abandonou no caminho, o deus Baco desceu imediatamente do Olimpo e levou a infeliz nos braços até a mansão da eterna alegria! pois bem, não duvido de seu encontro com algum deus na primeira estação de trem depois de Berlim e eu teria sido um autêntico desalmado por tentar frustrar esse encontro!*

a câmera deslizará em travelling do close-up do casal para outro meio plano de Jenny, visivelmente crispada, suportando sem prestar atenção as palavras inaudíveis de seu vizinho, e logo depois focalizará suas mãos, amassando um lencinho de seda

Tussy, cansada das demonstrações de domínio da arte do xadrez, grudou-se aos adultos e assiste sagaz e curiosa do galanteio paterno

(o diálogo transcrito no roteiro, contado por Marx a Engels, não se situava por acaso em Berlim, anos antes do desafio e da morte de Lassalle?

ou a adaptação da vida de Jenny incorria sem perceber nas mesmas anacronias deste romance?)

Karl Marx afastou-se da perturbadora condessa e, evitando o olhar gelado mas flamejante de sua mulher, aproxima-se das meninas que cercam Tussy

ESTA (risonha): *papai, quem é a senhora com quem você dançava tão enamorado? é tão arguta e inteligente quanto é bonita? você parecia admirá-la muito e acho que essa admiração era recíproca! se eu fosse Möhme, morreria de ciúmes!*

(a intervenção da pequena Eleanor ocorreu uns anos depois do baile e se referia a uma senhora que não era a amante oficial de Lassalle!)

KARL MARX: *ora, Tussy, não diga tolices! venha comigo até o bufê, vamos oferecer um copo de sherry a Möhme!*

(você fechou o roteiro de *La baronne rouge* e resolveu continuar sua perambulação por Modena Villas sem se deixar intimidar pela presença da equipe de cinema ou televisão)

4

Você entra no quarto de uma das filhas, curiosamente arrumado como um set de filmagem ou um cenário teatral (todos os elementos detalhados na correspondência de Jenny estão ali)
ao aproximar-se da janela com vista para o parque, você contempla uma paisagem nublada, onírica e irreal
a absoluta imobilidade das árvores, arbustos e flores induz a pensar na existência de um bosque falso, de mentirosa e inquietante naturalidade
postos no primeiro plano, Laura e Lafargue se exercitam na arte da equitação
ela monta maravilhosamente bem o cavalo, esplêndida no papel de amazona
o futuro autor do *Elogio à preguiça* é aprendiz de ginete e agarra-se à crina do cavalo e não às rédeas
o casamento ainda não foi celebrado e apesar da advertência de Marx ao jovem Lafargue de que um amor verdadeiro manifesta-se numa discrição feita de modéstia e inclusive numa atitude tímida do namorado quanto a seu ídolo e não, é claro, em excessos temperamentais e numa apressada intimidade, o noivo de Laura e neto de uma mulata antilhana e filho de um usineiro de Santiago de Cuba recebeu a bênção de Jenny, convencida de que o jovem revolucionário e estudante de medicina é herdeiro único de um próspero negócio de vinhos de Bordeaux e de miríficas fazendas em Cuba, cujo aporte matrimonial é calculado em quatro mil libras!

ao mudar de janela
(sempre no mesmo quarto de Modena Villas ou cenário ou set)
você descobre um panorama de composição muito diferente
você está em Paris, provavelmente num apartamento da rue Cherche-Midi, para onde o casal se mudou depois do nascimento do primogênito apelidado de Schnaps
Laura está sozinha em seu escritório, escrevendo uma carta para Jennychen, tendo como fundo sonoro berros e risos infantis
voz em off: *meu pequenino Schnaps faz progressos fantásticos!*
nunca esteve melhor e mais alegre! é tão vivo e turbulento que Paul deve amarrá-lo no berço para evitar um acidente e a cadeirinha em que se senta deve ser presa ao chão quando ele vai usá-la! agora nos deixa brincar com ele e jogá-lo para cima durante horas e horas!

o cenário permanecerá idêntico, mas Laura parece mais velha e alguns elementos apenas perceptíveis mostram a passagem do tempo
voz em off: *minha pequenininha Maigriotte avança a olhos vistos! de uns dois dias para cá não está tão sossegada e tranqüila como antes, mas está engordando! Schnaps vai se tornando um companheirinho encantador e é impossível lhe dar uma idéia de suas troças e travessuras! nada mais divertido do que vê-lo segurar a cabecinha de Maigriotte, mexer e fazer carinhos em seu rosto, apertar-lhe o nariz e brincar com seus pés e mãos!*

a luz diminuiu, o escritório fica na penumbra, Laura, com o semblante devastado, escreve à luz de um castiçal

voz em off: *minha querida Jennychen, espero que não esteja aborrecida com meu silêncio do passado do qual não tenho de me desculpar porque a morte de minha pobre filhinha me arrasou de tal maneira que nem sequer podia pensar em escrever ou ler!*

fugindo da tristeza da cena, você se aproximará da terceira e última janela do quarto, dando para o escritório do casarão de Levallois para onde o casal se mudou depois do falecimento da menina
entre um comício e outro e reuniões do Conselho Geral da Internacional das quais participa como representante da península Ibérica, Lafargue escreve ao sogro
voz em off: *deixamos o senhor Schnaps no jardim ao longo do dia, como se fosse um potro! não há como descrever as mudanças ocorridas nesse homenzinho nos últimos dias! é gordinho, roliço, agita-se e ziguezagueia como uma minhoca, corre para a água, resiste à poeira, lambe o chão, esmaga cerejas, pisa nelas e em seguida as come sujas de terra! durante esses exercícios mais ou menos questionáveis, diverte-se como um selvagem, acompanha a si mesmo com gritos e cantos, cada um mais delicioso que o outro! tatá, mamá, babá, gragrá, kaká, à revoir, à boire, nanás etc.*

agora você examinará no projetor os slides do casamento e dos pimpolhos, incluindo Marc Laurent, o caçula, saudado prazerosamente por Marx como o futuro defensor de seu país contra o ocupante prussiano e que não obstante morreu cinco meses depois
ignoravam ou já pressentiam a violência dos transtornos históricos consecutivos à queda do Segundo Império e o final próximo de seus filhos? a rebelião popular contra os derrotistas, a proclamação do poder operário, o

assédio implacável da burguesia, o esmagamento final dos communards? a fuga para a Espanha com o malfadado Schnaps enquanto a reação se enfurecia para cima dos vencidos e inaugurava um terror branco de milhares e milhares de vítimas?
a multiplicação vertiginosa de apelidos, comum à família, era uma maneira de esconjurar a sorte adversa que como ave de mau agouro rondava seus membros, mediante uma disseminação nominal compensatória de seu breve e acelerado destino? a obsessão com os apelidos que abrangia a circunvizinhança inclusive animal do pai do socialismo científico era tão-somente uma manifestação a mais do sentido de humor que apesar dos pesares se propagou à família ou esses Di, Quiqui, Kakadu, Hotentote, imperador da China, coronel Musch, Tussy, seguidos depois por Schnaps, Maigriotte e pelos da prole de Jennychen indicavam a existência de algo mais perturbador e profundo? significavam talvez uma fé obscura no poder mágico dos nomes diante da realidade assassina designada por eles, a possibilidade de lê-los como expressão de uma guerra desigual contra o tempo e sua mesquinhez, seu trabalho de sapa, seu brusco desabamento, sua lenta demolição?
a Laura juvenil, generosa e aberta
(não a mulher dura, egoísta e seca cujo destino seria suicidar-se com Lafargue no limiar da velhice)
que olhava com seriedade a objetiva num de seus retratos de recém-casada, pressentia a brutal agonia e morte de Schnaps, tão semelhante às de Guido, Franziska e Musch, aos três anos e meio de idade, durante o exílio miserável na Espanha?
a paisagem vista da janela de cartão-pedra mostra um terreno baldio com madeirame e deserto e você apurará o ouvido ao escutar as notas que, superado o seu ensimesmamento, sobem do térreo

a música da orquestra da inauguração de Modena Villas foi insidiosamente substituída pela melancolia impregnante, sutil do *Kindertotenlieder* de Mahler!

5

Ao sair do quarto, você vislumbrará do alto da escada os convidados e atores absolutamente imóveis com seus refrescos ou taças de champanhe na mão enquanto os casais prontos para a dança esperam petrificados um sinal ou ordem do diretor

(um gênio, demiurgo ou poeta ou simplesmente o diretor do seriado de televisão que mister Faulkner propunha de modelo para seu romance?)

como a espera se prolonga enquanto o assistente do cinegrafista gradua a intensidade das luzes, você aproveitará a desatenção e a impunidade de que desfruta para se enfiar no quarto de Jennychen

os livros de literatura e história espalhados sobre os móveis e a cama mostram o profundo interesse pelo romance e a paixão por Shakespeare

(ela também sonhou como Tussy em ser atriz e levar uma vida criativa e independente)

no vão da janela coberto por um pano de boca, uma foto sépia de Charles Longuet, com o chapéu e o ar boêmio de seu retrato mais conhecido, coloca-o de novo em posição de espectador

o último proudhoniano da França que Mouro mandará certa vez para o inferno e sobre cujo casamento com Jennychen frau Marx escrevera profeticamente

> *só posso temer que, por causa de sua condição de esposa de um político, minha filha se veja exposta a todas as agruras e dissabores que isso acarreta*

foi ele na verdade esse pseudo-revolucionário mandrião e irritadiço descrito nas biografias, raramente acordando antes do meio-dia, que com o café da manhã tomado e vestido escapulia da casa de Argenteuil e dos problemas de família para perorar sobre política nos cafés e meter-se de passagem numa encrenca com mulheres?

a correspondência de Jennychen e Tussy sempre revelava a existência solitária, angustiada com maternidades e tarefas árduas, da filha predileta de Marx

> *não posso lhe mandar saudações de Charles, porque ultimamente não dá nem sinal de vida!*
>
> *acostumei-me a estar sozinha! Charles, faz tempo, mal aparece em casa, de onde não saí nos últimos seis ou oito meses!*
>
> *garanto-lhe que faço o que está a meu alcance para realizar o trabalho diário do lar e das crianças, sem me permitir o luxo de folhear um jornal, para já não falar de um livro!*
>
> *o pior é que, embora eu trabalhe como uma negra, Charles não pára de gritar todo o tempo que está comigo!*

(quem lia as cartas com voz tênue, quase em surdina? uma locutora ou atriz profissional ou alguém gravara a voz verdadeira de Jennychen?)

mil perguntas, fruto talvez das observações incisivas de miss Lewin-Strauss, chegavam compulsivamente a seus lábios

como entender que uma mulher teoricamente emancipada e culta como ela se resignasse a tal tirania doméstica, uma forma de escravidão mais amarga do que a denunciada com veemência por Mouro ao longo da vida? havia sido educada na infância para julgar a célula familiar como algo estritamente particular, sem nenhuma projeção social? Mouro e Jenny não tinham percebido em suas visitas a Argenteuil que a negligência e a insensibilidade de Lon-

guet, suas cenas de raiva, e sobretudo as dívidas reviviam na filha o lúgubre passado de Dean Street e minavam lentamente sua saúde alquebrada? a esgotante sucessão de partos, suportada com estoicismo por Jennychen, por acaso não fazia parte dessa suposta ordem imutável e natural das coisas desmontada com brilhantismo e clarividência nos escritos de Marx? ninguém prestara atenção a seus gemidos de dor, atribuídos pelo mal-humorado Longuet ao puerpério e provocados na verdade pelo câncer que a corroía?
só no limiar da agonia ela confessara a Tussy a gravidade de sua dor e seu desamparo, numa carta comovente recebida pela destinatária depois de seu passamento!
a dor de Marx ao ser informado, como se no depoimento a Eleanor tivesse lido sua sentença de morte, bastava para absolvê-lo de sua aceitação tácita da ordem patriarcal segundo a qual a mulher estaria condenada ab initio às servidões caseiras e ao cuidado dos filhos por intangíveis razões filosóficas alheias a toda indagação? a rejeição marxista das chamadas utopias proudhonianas e ácratas defendidas por Léonie Rouzade com respeito à urgência de resolver as questões práticas de seu sexo mediante a educação coletiva das crianças e sua participação na vida social não seria diretamente responsável pelo destino de Jennychen, vítima de sucessivas gestações, de solidão e da indiferença do marido, na idade de trinta e nove anos?
a decoração alegre de seu quarto, com todos os livros que não tornará a ler, ainda cheio dos risos que ela não tornará a escutar, confere ao local uma aura sagrada de terror, realçada mais ainda pelo silêncio denso e tangível de Modena Villas no próprio dia de inauguração!
que estão esperando para tocar e se mexer os músicos e os convidados lá embaixo? suspendeu-se a festa ou a filmagem? ou talvez, como você, façam uns poucos instantes de silêncio em lembrança emocionada de Jennychen?

a voz fanha do diretor, voyons, Marx, la comtesse! tout le monde est prêt?, precederá a mais esganiçada da script-girl, *La baronne rouge*, séquence première, prise quatrième, seguida pela pancada ou tesourada da claquete!

6

Você resolverá esclarecer as coisas com o próprio Marx
ele também fugiu da balbúrdia e da agitação do térreo e fuma sozinho em seu escritório, com vista infinita para o bosque (falso?) de Maitland Park
(a grande lareira acesa, as janelas e o sofá de couro não se parecem mais com os da casa de Maitland Park Road, para onde Mouro, Jenny, Tussy e Lenchen se mudaram onze anos depois, em seguida aos casamentos de Laura e de Jennychen?)
ao olhar para você, o monóculo dele ajustado no globo ocular parecerá condensar um olhar irônico, mescla astuta de malícia e prazer
ora veja, meu paciente e bom amigo escritor! ainda não se cansou de remexer nos velhos trapos da família?
você: como recebi seu convite, quis aproveitar a oportunidade para conversar com o senhor alguns minutos!
ele: e que desgraçado lhe mandou o convite? já vou dizendo, não fui eu!
você: olhe, aqui está ele!
ele (sem se alterar): então terá sido Möhme ou o diretor desse abominável filme de televisão!
(tudo o que foi descrito minuciosamente por visitantes assíduos ou ocasionais acerca do pai do socialismo científico, já livre das tragédias materiais que o perseguiram por vinte anos, graças à liberalidade de Engels, figura exatamente no quadro

a caixa de charutos que desperta seu interesse é de origem cubana ou exibe o prestigioso reclame das bandas litografadas do Davidoff?)
ele: posso lhe oferecer um?
você: só estava investigando a marca! na verdade, não fumo!
ele: há algo em minha casa que não tenha investigado?
o jeito dele de ator profissional, habituado com os palcos, com a celeridade e a exatidão da réplica, acentua sua sensação de incômodo, incerteza
o homem sentado a sua frente é o verdadeiro Marx ou o personagem de seu romance ou, pior ainda, o protagonista do seriado de co-produção européia escrito por dois luminares da brilhante intelligentzia francesa?
ele: seja como for, aqui estou para responder! espero que não me roube muito tempo! meus convidados me aguardam embaixo!
você: não gostaria de ser indiscreto, mas a frase de Tussy depois da dança com a condessa Hatzfeldt transcrita no roteiro não se refere na verdade a essa frau Tange de quem o senhor fala com admiração em suas cartas?
ele: a missiva de minha filha que o senhor cita é posterior a essa conversa e, pela lógica, não deveríamos falar disso, mas já que o senhor toca no assunto vou responder! o senhor e todos os que escrevem romances, biografias ou roteiros de cinema sobre minha família são incapazes de compreender o humor travesso de nossas relações! Tussy, como suas irmãs, mantinha comigo uma deliciosa relação cheia de subentendidos, brincadeiras, cumplicidade! o casamento das mais velhas infelizmente acabou com tudo isso!
você: ao reler a correspondência de suas filhas, a gente fica com a impressão de que sua esposa, voluntariamente ou não, mantinha-se à margem do jogo!
ele: como seu ofício lhe terá ensinado, devemos pôr as

coisas em seu contexto! minha mulher havia sofrido o indizível nos anos de Dean Street, estava com os nervos esfrangalhados e dificilmente se adaptava ao natural desejo de independência das meninas já grandinhas! afinal, elas eram a única coisa que a prendia à vida e ela precisava desse calor afetivo que lhe proporcionariam mais tarde os netos!
você: a aceitação resignada ou ilusória dos seus genros contrasta com a oposição taxativa que o senhor fez ao noivado de Eleanor! apesar de sua proclamada admiração pela obra histórica de Lissagaray sobre a Comuna, o senhor impediu teimosamente a felicidade de sua filha, para quem essa rejeição parecia incompreensível!
ele: quando minha filha mais velha noivou com Longuet, minha mulher teve um pressentimento que infelizmente acabou se concretizando! permita-me que leia estas linhas que ela escreveu a uma amiga?

> *sinceramente, havia esperado que, para mudar, a escolha de Jenny recaísse num inglês ou num alemão em vez de um francês, cujo temperamento, junto com suas qualidades nacionais de sedução, sofre de fraqueza e irresponsabilidade*

você: a descrição cai como uma luva em Lafargue e Longuet, mas ao longo da vida Lissagaray mostrou ser justamente muito mais sério e honesto!
ele: depois da experiência de Jennychen, na qual o senhor mesmo me critica o laissez-faire, como podia admitir o noivado de uma mocinha de dezessete anos com um homem com o dobro de sua idade e, para completar, revolucionário e francês? aquilo ultrapassaria o limite do que minha esposa era capaz de agüentar!
você: ia falar exatamente disso! da perturbação e da histeria de Jenny que tantas vezes o senhor mencionou na correspondência com Engels! uma carta de Laura a Jennychen conta que um dia ela entrou no quarto onde a moça

conversava com um amigo de sua idade vestindo uma roupa de andar em casa que mais mostrava do que escondia o corpo, episódio que a encheu de vergonha e humilhação! ele: veja bem, senhor romancista! quem tiver agüentado um décimo do que ela suportou por mim e pelas filhas que jogue a primeira pedra! os "Breves esboços" de autoria dela refletem cruamente o drama que viveu e sua heróica resignação a tudo! algo mais além das forças de qualquer ser humano! por isso disse e afirmo que meu casamento foi um erro! quem se dedica como eu a um empreendimento tão aleatório como a luta por uma sociedade nova e justa não deve nela embarcar com toda a família!
a irrupção in promptu do assistente de direção, aos gritos de monsieur Marx, monsieur Marx, on vous attend dans le salon pour répéter la séquence avec Tussy, porá um fim abrupto à breve e onírica conversa de vocês!

7

De novo, as ordens e indicações da equipe de filmagem coordenam a movimentação dos atores no térreo
un, deux, trois, attention!
Tussy, tu dois te faufiler parmi les jeunes gens qui regardent le bal et fixer ton père, d'abord avec surprise, puis avec un air malicieux, t'as compris?
quando os últimos cochichos e advertências são calados pela claquete, o baile inaugural de Modena Villas recomeça
você entrará no quarto de Tussy e a encontrará sentada à mesa coberta de papéis, livros e bugigangas
Eleanor Marx escreve meditativamente uma carta
um bom tempo (dez, onze anos) parece ter transcorrido desde seu retrato infantil, e seu aspecto e temperamento de agora condizem mais com os descritos por Marian Skin-

ner algum tempo depois
(possui uma vitalidade espantosa, uma sensibilidade extraordinária e é a criatura mais feliz do mundo quando não a mais desgraçada!
seu jeito arrebata e cativa e, embora não seja realmente bela, um não sei quê dá a impressão de que é, por causa dos olhos brilhantes, do semblante luminoso, da cabeleira escura e maravilhosa)
concluída a redação do bilhete, depois de riscar e corrigir algumas palavras, ela procederá à leitura em voz alta

> *Meu querido Mouro, gostaria de lhe pedir uma coisa contanto que você prometa de antemão que não se aborrecerá comigo! gostaria de saber, querido Mouro, quando terei o direito de ver L.! é tão duro para mim não vê-lo! fiz os maiores esforços para ser paciente mas é muito difícil e tenho a impressão de que não agüento mais!*
> *não espero que você me diga que ele possa vir aqui, não aspiro a tal felicidade! por que não poderia de vez em quando sair com ele a passeio? ninguém se surpreenderia de nos ver juntos pois todo mundo sabe do nosso noivado! faz tanto tempo que não o vejo que começo a me sentir mal de verdade e todas as minhas tentativas de me manter alegre e equilibrada fracassam! creia-me, querido Mouro, o fato de vê-lo de vez em quando me faria mais bem do que todo o receituário do doutor Anderson, sei por experiência! não se aborreça, por favor, com quem lhe escreve e perdoe-me por ser suficientemente atrevida para importuná-lo mais uma vez, sua Tussy*

enquanto ela passa a carta a limpo, você sairá do quarto na ponta dos pés e voltará para o escritório de Mouro
aproveitando uma nova pausa na filmagem, Marx se refugiou na fecunda solidão de seu gabinete e fuma silenciosamente um charuto com a vista perdida nas volutas de fumaça

você: desculpe interrompê-lo mais uma vez, mas o que me disse há alguns minutos não esclarece minhas dúvidas sobre sua atitude com Eleanor! se se analisa a vida dela, imediatamente se percebe uma sede frenética de independência, de emancipar-se economicamente como professora num pensionato de senhoritas de Brighton, ou como aluna dos cursos de missis Vezin em sua academia de arte dramática! suas cartas a Jennychen, também presa em sua jaula de Argenteuil, são autênticos pedidos de socorro, mensagens engarrafadas de náufrago! devemos, cada uma de nós, viver nossa vida! a insistência dela no *nossa* revela uma ânsia comovente de afirmar a personalidade, provar a si mesma e aos demais sua capacidade de fazer algo! a falta de meios para prosseguir os estudos e o silêncio à guisa de resposta que o senhor impôs aos pedidos de ajuda, junto com sua teimosa rejeição a Lissagaray, foram a causa real da anorexia e das insônias dela, de suas crises de depressão mais profunda! desde muito jovem sabia que cozinhar, lavar, esfregar não combinavam com sua personalidade e que nunca seria uma boa Hausfrau! por isso, todo seu ser se revoltava contra a idéia de continuar dependendo do senhor, vendo passar, completados os vinte e sete anos, a última oportunidade de conseguir uma situação profissional tolerável! o senhor não reparou que, apesar do afeto e carinho por ela, o peso de sua inteligência e de sua personalidade a esmagava e a impedia de viver por conta própria? enquanto ela lutava como uma desesperada para abrir caminho no mundo do teatro, estudava Shakespeare a fundo e se comprometia apaixonadamente com a causa irlandesa, Jenny a julgava egoísta e seca e o senhor se queixava de que ela não o ajudara o suficiente nas suas pesquisas no Museu Britânico! não pensa, hoje, com a distância, que o natural desejo paterno de guardá-la a seu lado contribuiu para a decisão de afastá-la de Lissagaray e, finalmente, de cortar-lhe as asas?

seu amor possessivo e interesseiro o cegou a ponto de não enxergar que ela estava sacrificando por sua causa os melhores anos de sua vida?
concentrado na veemência do próprio discurso, você não percebeu sequer a ausência do destinatário!
Marx, seu personagem ou o ator da novela de televisão, parece ter se evaporado, só o cheiro do charuto paira e permanece no escritório repentinamente vazio!

8

O quarto de Tussy está com as luzes apagadas
invadido pela irrealidade da pequena orquestra e pelo rebuliço dos convidados vindos do térreo, você entra nele como numa sala de cinema, com a vista grudada na tela sobreposta à janela fechada
ninguém ocupa a fila de poltronas visíveis apenas na penumbra, você é o único espectador!
você contemplará fugazes slides de Eleanor sozinha ou em família, de suas colaborações jornalísticas no *Today* e *Monthly Magazine of Scientific Socialism*, da página de rosto dos exemplares da *História da Comuna* de Lissagaray e de *Madame Bovary* por ela vertidos para o inglês
a sombra da mulher que surge e desaparece da tela, fã de Flaubert e Ibsen a ponto de aprender norueguês para traduzir *Um inimigo do povo*, militante ativa dos movimentos afinados com as doutrinas paternas, editora de obras contemporâneas de Shakespeare, crítica de Shelley, orgulhosa ao contrário do pai de sua origem judaica, combatente do direito das mulheres à educação sexual após descobrir que lhes proibiam a leitura do *Kama Sutra* no Museu Britânico, escaldada com o exemplo de Longuet e com o final indizível de Jennychen, sabia que com a morte de Mouro ia pôr seu destino nas mãos de um hábil ma-

nipulador, desonesto e falsário, virtuose na arte da trapaça, chantagista ocasional e mulherengo cínico e consumado?

com seu cartão de visita de doutor, autor teatral, catedrático em ciências, polígrafo e propagandista ateu, quem podia adivinhar no início que sua sedução por uma Eleanor frágil e sem confiança em si mesma mas aureolada do prestígio paterno seria só um expediente oportunista de rompimento com a National Secular Society onde militava e de quebra com a ex-amante Annie Besant

(não sem antes apropriar-se de uma parte dos fundos da dita sociedade, fato denunciado publicamente pela ex-companheira de cama e causa)

a fim de anunciar uma conversão quase paulina às idéias de Marx e iniciar assim uma carreira meteórica no movimento socialista liderado por Engels?

voz em off: os quinze anos de união livre entre Eleanor e Edward Aveling são férteis em toda espécie de atividades culturais, intrigas políticas, repetidas acusações de nepotismo e fraude

fotografias sépias do casal mostram-no presidindo um comício unionista com os ramos mais radicais do socialismo britânico, na estréia de uma das medíocres peças teatrais do polifacético autor, por ocasião de uma comemoração do aniversário de morte de Marx e da proclamação da Comuna, organizada pela Associação Educativa de Trabalhadores Comunistas Alemães no cemitério de Highgate, na qual a honra do discurso coube justamente a Aveling

voz em off: o jovem George Bernard Shaw, que naquela época freqüentou Eleanor e o amante, descreve o casal em sua obra teatral *O dilema do doutor*, representando esse último, no personagem do pintor Dubedat, como um indivíduo que, por trás da máscara de grandes ideais humanitários e artísticos, busca unicamente o lucro e as presas fáceis

um aparelho localizado a suas costas projetará na tela fragmentos de entrevistas com o velho autor de *Pigmaleão* e o veterano dirigente alemão Karl Kautsky

G. B. SHAW: Eleanor, apesar de sua inteligência e lucidez, foi uma vítima consentida de um homem que carecia completamente de escrúpulos em assuntos de dinheiro e de saias!

KARL KAUTSKY: suas aventuras femininas, somadas às contínuas vigarices monetárias, por vezes às custas de seus melhores amigos, liquidaram com sua reputação dentro do Partido, a tal ponto que o evitavam! mas na vida particular era um ator tão perfeito que nem Engels nem sequer Tussy, para não falar de mim, se deram conta de alguma coisa! é claro que sempre ouvi dizer que Aveling era um sujeito pouco recomendável mas quem queria averiguar em que se baseava tal acusação nunca obtinha uma resposta clara, assim supúnhamos que a animosidade contra ele vinha do ódio ao marxismo e à família de Marx!

a tela escurece aos poucos e você não sabe se se trata de um corte de luz ou se é o final do documentário

tateando, você sai do quarto de Tussy e a intensidade dos projetores da filmagem o ofusca

Jenny ou a atriz que a encarna desce majestosa a escadaria como uma autêntica Von Westphalen!

embaixo, os casais de jovens convidados de Modena Villas rodopiam e giram ao ritmo veloz, endiabrado das valsas!

9

O cenário do aposento que representa o escritório de Maitland Park também mostra a caducidade de coisas e seres, a passagem inexorável dos anos

seu personagem ou ator da novela de televisão passa dos sessenta anos e seu aspecto combina com o descrito por sir Montstuard Grant-Duff, vizinho de mesa dele no jantar oferecido pela filha mais velha da rainha e esposa do herdeiro da coroa imperial alemã no aristocrático Devonshire Club

homem pequeno e tirando para o esbelto, cujos cabelos e barba grisalhos criam um curioso contraste com o bigode ainda preto, de rosto mais para o redondo, fronte harmoniosa e convexa, olhar ardente, mas no conjunto de expressão amena, o extremo oposto de sua imagem de um cavalheiro acostumado a devorar crianças no berço

sua conversa é a de uma pessoa culta ou, melhor dizendo, douta, interessada na gramática comparada, e que foi por isso orientada para o estudo desses vínculos antigos e para outras matérias insólitas

deu-me uma impressão muito positiva, ligeiramente cínica e sem um pingo de impetuosidade, de alguém capaz de prender a atenção e expressar em minha opinião idéias muito justas quando fala do presente e do passado, mas insatisfatórias e vagas no tocante ao futuro

a figura cuidadosamente sentada diante da mesa do escritório e rodeada de retratos de família e de amigos, cinzeiros, fósforos, cachimbos, charutos, obras de consulta e rascunhos do interrompido manuscrito de *O capital*, afastada pouco a pouco por vontade própria dos atos públicos e das assembléias revolucionárias, absorta no estudo simultâneo de diferentes ramos do saber científico e da antropologia com o objetivo, dizia, de integrá-los a sua obra principal

(mas que, como temiam com razão Jenny e Engels, era o pretexto ideal para distraí-lo da obra)

já livre de preocupações materiais embora não da tenaz

furunculose nem de problemas familiares, suspeitava sequer que, decênios depois, se transformaria em bandeira e porta-voz dos oprimidos da Terra? que, após as ásperas disputas e divisões da Segunda Internacional, sua legitimidade e herança seriam objeto de uma luta feroz entre seguidores de correntes diversas, o futuro "social-traidor" Bernstein, o futuro "renegado Kautsky", a partir de uma leitura sui generis, fruto da tradição mujique e despótica russa da facção bolchevique de Lenin e de seu indesejado delfim georgiano? que dezenas de milhões de mulheres e homens se levantariam contra a ordem burguesa, abraçariam seu legado, transformariam seus textos em armas de combate, os codificariam numa espécie de catecismo intangível e sagrado? que sua palavra chegaria aos recantos mais afastados do mundo, iluminaria inteligências selvagens, acalentaria corações enregelados, induziria à morte heróica os humilhados e ofendidos movidos pela fé na derrota dos exploradores e pela confiança num amanhã justo e igualitário? que três gerações de russos sacrificariam suas vidas para testemunhar de boa vontade ou à força a verdade de sua doutrina e aceitariam tchekas, gulags, pelotões de fuzilamento como prova suprema de sua veracidade? que um bilhão de chineses, dessa mesma China por ele definida como múmia cuidadosamente conservada num caixão hermético, recitariam ritualmente seu nome no cerimonial ou na liturgia presididos pelo Grande Timoneiro e por seus sucessores?
o que tinha a ver o sereno patriarca barbudo, fotografado meses antes da morte, com o profeta laico do século XX, coveiro do capitalismo e terror das classes poderosas? com essa efígie bicéfala de redentor e diabo brandida por seus conterrâneos espanhóis, num e noutro campo durante três anos de guerra ensandecida e extermínio indiscriminado?

a figura inanimada de volta ao escritório durante a filmagem do seriado em Modena Villas não reproduzia, ao contrário, a imagem de um lutador aposentado, assíduo das estações de águas nas melhores estâncias hidrominerais, convidado de honra de recepções oficiais berlinenses junto com a fina flor da nobreza, amigo de professores, médicos e personalidades ao longo de suas temporadas com Tussy em Carlsbad, interessado sobretudo, como revela sua correspondência, na boataria sobre a vida amorosa de Wagner? a desse senhor mais velho, cuja preocupação essencial, ao lado do inexaurível apetite de saber, centrava-se no micromundo das travessuras e dos risos dos netos, deixando-os cavalgar em seus ombros como num bonde puxado por Engels e Liebknecht pelo jardim, estimulado por seus gritos alegres ou correndo à janela quando pensava ouvir a voz dos netos embora sabendo de seu regresso à França, e que afirmava com humor brincalhão que a conversa do bebê de seis meses de Pumps, sobrinha de Mary e Lizzy Burns com quem Engels viveu sucessivamente, era indiscutivelmente muito mais interessante do que a da mimada e caprichosa mãe, instalada em Londres à sombra do tio e benfeitor?

um caderno datilografado na pilha de livros sobre a mesa atrai irresistivelmente sua curiosidade e você o pegará depois de se certificar da imobilidade do manequim ou boneco de cera

um fragmento inédito da obra inconclusa de Marx?

não! um exemplar do roteiro de *La baronne rouge* esquecido ali pela equipe que está filmando no térreo!

> *com um fundo musical de Johann Strauss, Karl e esposa observam enternecidos Jennychen e Laura dançando com seus respectivos pares*
>
> JENNY: *estou feliz, Karl! depois de tantos anos de sofrimento, parece-me viver um sonho!*

KARL MARX: *não é um sonho, querida! nossa vida nunca mais será a de antes! agora poderei me dedicar a você e às meninas! prometo, no ano que vem acabarei* O capital*!*
(inútil esclarecer que tal diálogo não sai de nenhuma fonte histórica e é produto genuíno da fecunda inventividade da roteirista!)
você interromperá a instrutiva leitura imaginando a exaltação de seu editor
mais uma vez você perdeu com formalismos inúteis a possibilidade de um romance, e adaptável às artes visuais, núcleo germinal de um sucesso de bilheteria e de um popular roteiro de televisão!

10

A estudada combinação de brinquedos de criança e livros correspondentes a leituras de pessoa mais velha com detalhes de época que, exatamente por causa da verossimilhança exagerada, introduz sorrateiramente um toque de reconstituição artificial, transformou o quarto da garotinha de nove anos, que recebe com alegria as amigas no baile inaugural de Modena Villas, num cenário de filme intimista ou fotonovela água-com-açúcar
como você pode explicar a si mesmo e aos outros a incrível combinação de força intelectual e vulnerabilidade emotiva de uma mulher da categoria e do valor de Eleanor? a morte do pai, o distanciamento e a indiferença de Laura, as rivalidades com Louise Kautsky enviada pelos socialistas alemães para ser secretária de Engels após o falecimento de Lenchen, as intrigas em torno do testamento e do destino da correspondência particular paterna, ligados ao constante trabalho de sapa das infidelidades e à falta de escrúpulos do companheiro minaram lentamen-

te sua capacidade de resistência, assim como Longuet e as servidões domésticas acabaram com a de Jennychen? a mulher descrita por Emma Cons, de jeito desleixado e aparência doentia, como se se drogasse ou recorresse ao uso de estimulantes, era a mesma pessoa cheia de graça e vida, representada anos atrás nos testemunhos e nas cartas às amigas?

a intimidade crescente com Freddy Demuth, em suas visitas domingueiras a Lenchen nas dependências de serviço da casa de Engels, fizeram-no pressentir sua condição de meio irmão ou alguém lhe insinuara a origem de seu nascimento antes do curioso episódio da revelação narrado pela ex-esposa de Kautsky? o tratamento inferior e obviamente injusto que recebia de seu presumido pai, o fato na verdade surpreendente de que sua proverbial generosidade não se estendesse a ele, a ponto de não mencioná-lo sequer no testamento, alimentaram a sensação de Tussy de obscura culpabilidade e criaram com Freddy esse vínculo quase visceral que o ajudou a sobreviver a tanta desilusão?

seja como for, o filho de Mouro e Lenchen não fora sacrificado no altar da nova respeitabilidade revolucionária como qualquer bastardo no da hipócrita moral burguesa? o sentido inato de Tussy de justiça e de solidariedade com o pária não foi na verdade o fator determinante dessa amizade e dessa confiança preciosas num mundo pessoal de incerteza e desenganos, construído sobre areias movediças? que consolo podia tirar das doutrinas libertadoras do proletariado no inferno da própria vida?

quando Edward Aveling contraiu secretamente matrimônio com uma aspirante a atriz de vinte e dois anos e de repente abandonou o lar em agosto de 1897, após ter dilapidado os bens deixados para Eleanor por Engels, a quem senão a Freddy Demuth esta podia recorrer com um pedido de ajuda?

a tela subitamente iluminada no fundo do quarto de criança de Tussy reproduzirá um slide com o texto da carta endereçada a seu meio irmão

estou enfrentando o dilema mais lúgubre! completa *ruína, tudo*, até o último penny, *ou pública e total desonra!*

em que se baseou o acordo graças ao qual Aveling voltou para o lar e para a união aparente com ela? viu-se Eleanor obrigada a comprar o silêncio dele quanto à união secreta e à paternidade real de Freddy? ainda sofreu, conforme conjectura Bernstein, uma chantagem na qual o que estava em jogo era a venda dos manuscritos de Marx? a que novas provas e humilhações a submeteu aquele indivíduo medíocre mas que psíquica e sexualmente a dominava antes de apoderar-se de fundos pertencentes ao Partido e sumir de sua vida para sempre?

a Tussy que no andar térreo de Modena Villas joga com as amigas à luz dos projetores durante a filmagem de *La baronne rouge* por uma equipe européia se suicidou com ácido cianídrico em 31 de março de 1898 na idade de quarenta e três anos.

11

O volume e a intensidade da música vinda do térreo seriam capazes de ensurdecer os eventuais ocupantes das saletas desertas e dos quartos fechados!

o ritmo vigoroso das polcas, mazurcas e valsas foi se acelerando e, do alto da escadaria decorada para a seqüência da descida majestosa de Jenny von Westphalen, irmã do digno ministro do Interior prussiano e esposa do chefe corrosivo da Internacional, avistam-se os casais de sobrecasaca e saia-balão girando como piões, ligeiros e sutis como dervixes de Konya, mergulhados numa penumbra que

lhes acentua a irrealidade e impregna a cena de ares fantasmáticos, visão alegórica de além-túmulo!
quem desenhou com material fosforescente o esqueleto dos dançantes, como que transparentes através de seus adereços e roupas, com caveira, dentadura, globos oculares vazios, costelas, vértebras, fêmures, tíbias, como nas representações macabras da Idade Média ou das festas mexicanas dos Mortos? essa inovação, introduzida no baile inaugural de Modena Villas, faz parte do roteiro do filme ou é fruto, como você receia, de sua imaginação tortuosa? pois o que se celebra agora, a mudança de domicílio e de padrão social dos protagonistas ou sua extinção, um a um, voluntária ou por doença?
os esqueletos suntuosamente vestidos de Mouro e Jenny agitam-se e dançam! Jennychen e Longuet estão mortos e dançam! Laura e Lafargue, Eleanor e Aveling, Lenchen, sua irmã, Freddy Demuth, ainda que reduzidos a pó, dançam! também os minúsculos esqueletos desenhados sobre os trajes infantis de Guido, Franziska, Musch, Schnaps, Maigriotte e Marc Laurent, do pequeno Harry, se balançam e dançam! depressa, maestro, allegro vivace, o movimento rodopiante deve se acelerar! tudo é vertigem, fúria e zoeira, o mundo prossegue sua rotação solitária num espaço infinito, minúsculo como uma partícula num mar de galáxias! tudo muda, tudo morre, tudo fica para trás! o homem repete ad nauseam velhos erros, acumula torpemente poder e riquezas, reatualiza sem trégua as tragédias de Sófocles! formas de convivência sutil e civilizada desmoronam em poucos dias! egoísmo, auto-satisfação, ânsia de lucro são erigidos como deuses únicos e promovidos em escala universal às custas dos outros sentimentos humanos! você não ouviu a voz das formigas? quando os reis penetram no recinto da cidade saqueiam-na e transformam seus habitantes mais nobres nos seres mais miseráveis, mas você verá as montanhas que pensava es-

tar imóveis passar como nuvem! uma ordem imposta à força gera necessariamente desordem, a vitória traz consigo o germe corrupto de sua decadência, a doutrina que triunfa corre fatalmente para a própria perda! os mortos que hoje dançam ressuscitarão de seus túmulos e suas idéias, fecundadas por nova seiva espiritual, sacudirão os homens em sua atual estupidez e modorra, serão outra vez, para todos os oprimidos e famintos, o fermento e o sal da terra!

(quem está falando?

você? uma misteriosa voz em off? ou o discurso figura no roteiro de *La baronne rouge*?)

por triste que seja, você deverá aceitar a evidência

só o desorientado autor destas páginas perambula pelo cenário vazio de Modena Villas sem saber como redigir de acordo com os cânones da crítica e gostos do público (num irônico pendant literário com *O capital* marxista) seu venturoso e impossível romance!

IV

O suspense durou até o último dia!

substituiriam o programa previsto, e para o qual você foi convocado por um telefonema do próprio apresentador, por um produto mais competitivo para aquele horário de grande audiência a fim de contemplar o telespectador exigente e sensível com as primícias de uma magnetizante telenovela brasileira, com uma versão hispânica do sutil e altamente ilustrativo *Preço exato* ou, melhor ainda, com essa jóia das artes audiovisuais, fervorosamente plebiscitada pelo seletíssimo público da Capital Européia da Cultura, intitulada com grande desperdício de talento *Sua cara-metade*? a violência feroz entre canais estatais, europeus ou particulares para conquistar uma audiência máxima e, com ela, um máximo de verbas publicitárias não liquidaria a discussão de meia dúzia de especialistas em torno da figura de Marx? quem diabo ainda se interessava, afora um punhado de eruditos, nostálgicos e amargos, pela vida e pelas doutrinas, pelos êxitos e fracassos do fundador do movimento comunista e pai da Internacional? o descrédito em que haviam caído suas doutrinas e a milagrosa transmutação de seus discípulos mais espertos em ardorosos defensores da livre empresa e ardilosos gestores do capital não haviam confinado suas antigualhas, como pretendiam os novos filósofos telegênicos, no desvão dos trastes velhos?

imagens cotidianas da finada União Soviética, das antigas democracias populares e até do heróico Vietnã mostravam a crua e brutal realidade das mudanças! desbotados avisos para cerrar fileiras e construir a sociedade comunista cobertos por anúncios luminosos das multinacionais japonesas, levas de executivos do Chase Manhattan Bank, American Express, Time Warner ou Pepsi-Cola desembarcando qual conquistadores nos aeroportos decrépitos de Kiev, Bucareste, Cidade Ho Chi Minh ou Varsóvia, discotecas com nomes da moda como *KGB* ou *Apocalypse Now* lotadas com uma nova clientela especialista nas mutretas do mercado negro e cujo único deus é o dólar, enviados e testas-de-ferro da máfia lavando o dinheiro do narcotráfico na compra de fábricas privatizadas, empresas exangues, jornais deficitários, quadras de imóveis no centro da cidade, palácios em ruínas a preços de banana!
como julgar objetivamente a obra de um pensador em quem a teoria e a práxis são inseparáveis após o desabamento em cadeia dos regimes criados segundo suas doutrinas e a queda da pátria universal do proletariado a níveis terceiro-mundistas? de que modo explicar numa simples conversa as razões pelas quais oitenta por cento da população do paraíso celebrado pelos tenores da nomenklatura foi jogada de repente numa vida miserável e sem esperanças?
quando no dia marcado você viu anunciado nos jornais o programa de José Luis Balbín, com a projeção de *La baronne rouge* e o debate sobre Marx, a tensão e a ansiedade da espera transformaram-se em inquietação e apreensão o previsível entusiasmo do seu editor por uma adaptação audiovisual cheia de peripécias e sentimentos não enterraria definitivamente o interesse dele por esse seu malfadado projeto?
(não deixe de passar pela maquiadora, preveniu-o mister Faulkner

qualquer conselheiro de imagem também sugeriria a você que mudasse o sempiterno casaco de malha verde por roupas de cores mais alegres! ah, e um sorriso de vez em quando conquista o público, aumenta segundo as estatísticas o número de leitores!)
enquanto o levavam para o estúdio na limusine posta a sua disposição pela empresa, você consultou febrilmente os rascunhos de capítulos anteriores, à procura de argumentos e idéias destinados a alimentar a decisiva, esclarecedora discussão.

Instalados numa sala particular, em volta da mesa arrumada com um bufê de vinhos, refrescos, canapês e frios, os convidados para o debate e alguns familiares acompanham na telinha as vicissitudes do filme sobre o qual vão discutir um pouco mais tarde
você, ao entrar com seu atraso, apertou algumas mãos de especialistas marxianos vindos da França, Inglaterra, Polônia, América do Norte e Índia
(o aperto de mão de miss Lewin-Strauss foi enérgico, mas sem calor)
a televisão reproduz para você, pela enésima vez, o baile inaugural de Modena Villas
(Tussy, após se meter entre os espectadores adultos, contempla com expressão de divertida malícia a dança de Mouro com a condessa Hatzfeldt

> TUSSY: papai, quem é a senhora com quem você dançava tão enamorado? é tão arguta e inteligente quanto é bonita? você parecia admirá-la muito e acho que essa admiração era recíproca! se eu fosse Möhme, morreria de ciúmes!
>
> KARL MARX: ora, Tussy, não diga tolices!)

você sai discretamente do salão não tanto para ir ao toalete mas para evitar a seqüência da dança e o diálogo melodramático entre Mouro e Jenny

do corredor, percorrido por técnicos e funcionários, você descobrirá uma pequena sala de espera cuja porta entreaberta revela a presença de um personagem de aspecto conhecido
sem respeitar os bons modos, você se deterá a examiná-lo com calma enquanto fuma recostado na cadeira
agora não há a menor dúvida
é Mikhail Bakunin em pessoa!
veste-se como na fotografia de Sergei Levitski com senhorial desmazelo, meio boêmio e meio romântico, e seu corpo volumoso mas muito ágil parece boiar como um cisne entre os patos do açude hispânico
você: por acaso o senhor não é
ele: creio que sim! embora não vista, conforme o senhor me pintou, o extravagante disfarce de Palhaço!
você: foi uma fantasia minha! imaginei-o numa de suas provocações antifarisaicas, como pai espiritual da juventude de maio de 1968!
ele: apreciei o seu sentido de humor embora nas atuais circunstâncias seja um tanto excessivo e grosseiro! meus amigos e eu fazíamos esse tipo de brincadeira quando o senhor Marx pontificava mas, agora que seu sistema está indo por água abaixo, não quero que me acusem de me alimentar disso ou, se me permite empregar um refrão da tribo dele, de bater em cachorro morto!
(a risada que deu ressoa estrondosa)
você: não obstante, o mundo atual se presta a atos desse tipo contra o conformismo e a falta de escrúpulos de nossa sociedade!
ele: o que ocorreu era perfeitamente previsível desde o início! a cegueira dos que crêem poder alcançar a igualdade econômica e a justiça prescindindo da liberdade levou a humanidade a um desastre sem solução! como não me cansava de repetir aos membros da Internacional, a igualdade sem liberdade é uma ficção inventada por em-

busteiros para enganar os trouxas! igualdade sem liberdade é despotismo de Estado!

você: a noção de ditadura do proletariado

ele: considero o senhor Marx um revolucionário, se não sempre sincero, pelo menos muito sério e comprometido com a insurreição das massas! mas me pergunto como não consegue enxergar que a instauração de uma ditadura universal, coletiva ou individual, com funções comparáveis de certo modo ao trabalho de um engenheiro-chefe encarregado de regular e dirigir a revolução em todos os países bastaria por si só para paralisar e falsear o movimento popular! classe, poder e Estado são conceitos inseparáveis e interdependentes que poderiam se resumir nos seguintes termos, escravidão política e exploração econômica de camponeses e operários!

você: Anselmo Lorenzo, com quem discuti o problema, insistia nas diferenças estratégicas entre o senhor e Marx com respeito à derrota da burguesia e à visão do futuro

ele: o mal está na busca do poder, na ânsia de autoridade, na sede de dominação e Marx sofre gravemente de tais defeitos! sua doutrina presta-se a isso à perfeição! na qualidade de chefe e inspirador, além de principal organizador do partido alemão, é um comunista autoritário, defensor da libertação e reorganização do proletariado pelo Estado, isso é, de cima para baixo, graças ao conhecimento e experiência de uma seleta minoria revolucionária destinada a exercer em nome do socialismo sua legítima e ilimitada autoridade sobre as massas!

você: embora a realidade criada pelo desmoronamento do sistema de Marx confira nova atualidade à descrição que ele faz dos estragos do capitalismo sem limites não só na Rússia e na Europa do Leste como na própria Inglaterra, mostra igualmente que seu economicismo excessivo o levou a uniformizar teoricamente as sociedades humanas sem se dar conta de que isso provocaria a longo

prazo o que um grande poeta chama de vingança dos particularismos!
ele: por favor, desligue logo o gravador e guarde-o no bolso!
você: desculpe! meu propósito era reproduzir com exatidão as suas palavras, sem cair nas armadilhas da memória!
ele: o que o senhor chama de armadilhas da memória são muito úteis para os romancistas! seja como for, não se prestam a manipulações como fitas de gravação!
(Bakunin examina o Sony com a mesma repugnância educada com que contemplaria um rato morto e mantém-se na defensiva até que você aperte o botão do stop e o retire de sua vista)
ele: o senhor Marx não leva em conta uma série de elementos como a evidente interação das estruturas política, jurídica e religiosa com a situação econômica! sua doutrina também desconhece a importância de algo capital na evolução da humanidade, o temperamento e o caráter de cada raça e de cada povo, produto por sua vez de fatores etnográficos, climáticos e históricos, de influência considerável no seu destino e na evolução de suas forças econômicas, às vezes com total independência dessas últimas! a atitude dos castelhanos do século XVI com respeito ao ouro e a dos sauditas quanto ao petróleo são bons exemplos do que digo!
você: o senhor vai participar do debate? ninguém me disse nada!
ele (presunçoso como um cisne num lago de serenidade): participaria com muito prazer se um fato elementar não me proibisse! meu falecimento em 1876! como fazer que o público admita a intervenção televisiva de um morto?
uma recepcionista dos estúdios invadiu aos gritos a saleta
ela: onde o senhor se meteu? faz dez minutos que o estou procurando!
você: meu encontro inesperado com

ela (sem escutá-lo): os outros convidados já estão se maquiando! todos devem estar no estúdio daqui a poucos instantes!

Guiados por atraentes recepcionistas, vocês se dirigiram para o estúdio de *A chave* enquanto televisores colocados estrategicamente transmitiam as seqüências finais de
La baronne rouge
(Jenny von Westphalen, vestida como convém a uma dama de sua classe, prepara-se para partir para uma estação de águas, visivelmente desiludida com Mouro e com sua improdutiva utopia
o fundo sonoro da cena lembra a você por sua elevada concentração de melado o primeiro e mais bem-sucedido filme de Lelouch!)
penteados e maquiados
(exceto você e miss Lewin-Strauss)
vocês se acomodam nas poltronas com o nome de cada um para que os técnicos de som os condecorem com seus microfones pequeninos e procedam aos habituais ensaios de voz
o apresentador os cumprimenta cordialmente um por um antes de se sentar na poltrona central, colocada debaixo de uma imensa fotografia de Marx, a mesma que antigamente figurava com a de Engels, Lenin e Stalin nas paradas militares da praça Vermelha comemorativas da gloriosa Revolução de Outubro
será a sua crescente afinidade com o personagem ou mera ilusão de óptica? ao observá-lo com extrema atenção você terá a impressão de que suas pupilas se animam e o fitam de rabo de olho, como as desses Cristos vendidos nos mercados mexicanos a camponeses e a indiazinhas piedosos! com sua cabeça leonina, cenho franzido de raiva, barba abundante e branca, conjugando a expressão carismática

com um leve ricto de sarcasmo, o rosto de Mouro parece resumir as virtudes e os defeitos de sua genialidade nata, visíveis no formato orgulhoso dos lábios e nos olhos brilhantes de maliciosa mas inegável bondade

os técnicos impõem silêncio, *La baronne rouge* terminou! Balbín espera a sintonia e, após se certificar de que entrou no ar, cumprimentará os telespectadores com a serenidade e espontaneidade do ofício

> senhoras e senhores, boa noite! o programa de hoje é dedicado a uma das figuras mais polêmicas e influentes de nossa época! refiro-me a Karl Marx, filósofo alemão nascido em Tréveros em 1818 e falecido em Londres em 1883! revolucionário desde seus anos estudantis, casado em 1843 com Jenny von Westphalen, uma jovem da nobreza renana cujas vicissitudes, abnegação e agruras os senhores puderam acompanhar no filme, autor com Friedrich Engels do famoso *Manifesto comunista*, refugiado sucessivamente em Bruxelas, Paris e Inglaterra por causa de suas idéias subversivas, considerado por uns o redentor da classe operária e por outros uma encarnação do diabo, foi o criador da Internacional dos trabalhadores e pai do socialismo científico que governou a ex-Rússia czarista desde 1917 até a ascensão de Yeltsin! convencido de que o mundo nutria desde havia muito tempo o sonho de um futuro melhor e de que bastaria que tomasse consciência disso para transformá-lo em realidade, pregador de uma emancipação do ser humano cuja cabeça seria a filosofia e o corpo o proletariado, Marx é em suma um pensador para quem a sociedade comunista devia ser a solução definitiva da contradição existente entre a essência e a existência do Homem, o elemento real de sua libertação e assunção de seu próprio destino! inspirador de um movimento que estendeu sua influência sobre dois bilhões

de almas e se apresentou como alternativa global às injustiças do capitalismo, os acontecimentos dos últimos anos desbarataram seus sonhos e desnudaram os erros e horrores do sistema erigido conforme sua doutrina, cobrindo essa e seu fundador com um desprestígio nem sempre merecido! profeta, gênio, enganador, erudito sedento de poder, homem dedicado com generosidade à defesa dos explorados ou todas essas coisas ao mesmo tempo, a personalidade de Marx não deixa ninguém indiferente e será debatida em seguida pelos convidados aqui reunidos! uma frase volta e meia citada poderia resumir sua doutrina e creio que o próprio Marx aceitaria que figurasse como símbolo deste programa

AO APODERAR-SE DAS MASSAS, A TEORIA SE TRANSFORMARÁ EM VIOLÊNCIA FÍSICA!

(você olhará às escondidas para o retrato
Marx parece exultante com a cena e lhe dará uma piscada de olho com festiva cumplicidade)

a minha esquerda, o professor Elton Roy, catedrático da universidade de Oxford, colaborador do famoso marxólogo Robert Payne e autor de um livro chamado *O fim da utopia*! em seguida, François Punset, filósofo, discípulo de Bobbio e Godelier, a cuja pena devemos um ensaio sobre *O legado de Karl Marx*, fruto não só de suas fecundas reflexões teóricas mas também de uma constante militância no campo político! Miss Lewin-Strauss, feminista, sexóloga, professora da universidade da Califórnia e estudiosa da família Marx! o doutor Panno Lal, insigne historiador, decano da faculdade de ciências sociais de Bombaim, dedicou meia dúzia de volumes ao autor de *O capital*, muito especialmente a sua visão do hoje chamado Terceiro Mundo! Francisco Carrasquer, membro da CNT, combatente da Guerra Civil espanhola e refugiado político na Holanda, professor de literatura e bom conhecedor das idéias de Bakunin! Bruno Vandursky, doutorado pela universidade de Varsóvia na era de Gomulka, emigrou para os Estados Unidos em 1970 e atualmente ensina história das idéias políticas em Saint-Louis, Missouri! finalmente, a minha direita, o autor do romance que vocês estão lendo, exatamente na página

você: cento e oitenta e quatro

apresentador (jovial): vocês acabam de ouvir, cento e oitenta e quatro! um número bastante respeitável que, graças à colaboração de todos nós, crescerá ao longo deste programa e lhe permitirá completar a quarta parte de seu "calhamaço", como o chama carinhosamente!

(há um coro de risos e, na invisível fila de cadeiras dos dois convidados mergulhados na penumbra, você terá a impressão de ouvir a voz furibunda de mister Faulkner imbecil!)

apresentador: antes de iniciar o debate gostaria de pedir aos convidados uma curtíssima opinião sobre *La baronne rouge*, o filme a que acabam de assistir!

professor de Oxford: uma obra otimista e amena, mas de pouca profundidade

discípulo de Godelier: uma mixórdia de estupidez e grotesco romântico!

miss Lewin-Strauss: um filme que reforça os estereótipos sexistas que cimentam a sociedade patriarcal!

o indiano: creio que reflete muito bem a visão eurocêntrica do mundo!

o anarquista espanhol: e o vento levou!

emigrado do Leste: gostaria de assistir a sua projeção num cinema de Varsóvia!

você: o modelo a imitar segundo meu editor!

apresentador: como mostra uma cena de *La baronne rouge*, Marx estava convencido em 1848 da proximidade da

revolução mundial! seu *Manifesto* era o estopim que devia incendiar o paiol! ao longo da década de 50, não parou de prognosticar a iminência da crise econômica que acabaria com o capitalismo! apesar disso, durante a Comuna sua atitude me parece mais reservada e cautelosa!
professor de Oxford: Karl Marx não foi na verdade o que hoje chamaríamos de futurólogo! suas previsões nunca se realizaram! vejamos uma amostra de seus poderes demiúrgicos, adivinhos ou mágicos!
(pondo os óculos para ler)

> a moderna produção capitalista, com apenas trezentos anos de história e só cem de domínio absoluto graças à criação da grande indústria, provocou nesse breve lapso de tempo contradições tão graves, em termos de acumulação de capitais em poucas mãos e de concentração de massas urbanas totalmente despossuídas, que a levarão necessariamente a sua perda!

(após tirar os óculos com auto-suficiência)
a descrição do que hoje ocorre em escala planetária é bastante exata, mas o poder e o controle das multinacionais estão mais fortes do que nunca!
discípulo de Godelier: vamos por partes e não misturemos as coisas! a mudança na base econômica transforma com maior ou menor rapidez, segundo Marx, toda a superestrutura da sociedade! quando se examinam tais transformações há de diferenciar sempre a mudança material das condições de produção econômica verificáveis com rigor científico das formas jurídicas, políticas, religiosas, artísticas ou filosóficas, em suma, ideológicas, segundo as quais os homens tomam consciência de tal transformação e levam-na a sua conclusão lógica! pois da mesma forma que não podemos julgar um indivíduo pela idéia que ele faz de si mesmo, tampouco podemos julgar uma época de grandes mutações pela consciência que ela tem de si! ao contrário, devemos explicar tal consciência pelas

contradições da vida material, pelo conflito existente entre as forças produtivas sociais e as relações de produção! por isso, a humanidade jamais se coloca problemas insolúveis! se analisarmos as coisas com atenção, descobriremos sempre que os problemas só aparecem ali onde as condições materiais existem ou pelo menos se encontram em gestação!
o emigrado do Leste: nisso estamos plenamente de acordo meu estimado colega e eu! quando os sistemas marxistas defendidos por ele desmoronaram, as desastrosas condições materiais criadas pelo comunismo já haviam gerado um conflito entre as forças produtivas sociais e as relações de produção que se resolveu com a rapidez que todos conhecemos! as leis de Marx se cumpriram, mas contra seu descobridor!
discípulo de Godelier: o senhor acredita que essa mudança melhorou as condições de vida do seu povo ou a dos habitantes da ex-União Soviética? se nos fiarmos nas próprias estatísticas ocidentais, a maioria da população caiu imediatamente numa irremediável pobreza enquanto um punhado de especuladores a serviço da Alemanha, do Japão e da América do Norte amealha gigantescas fortunas!
professor de Oxford: Marx foi o autor de uma frase célebre, "o peso das gerações mortas perdura como um pesadelo no cérebro dos vivos"! o senhor não acha, meu prezado colega, que tal observação se aplica justamente à carga aplastante do socialismo real na mente de quem como o senhor ainda professa, remando contra a maré, a doutrina marxista?
apresentador: creio que o público gostaria de conhecer o significado desses termos de estrutura e superestrutura tão freqüentes na linguagem de Marx, talvez miss Lewin-Strauss
miss Lewin-Strauss (irônica): entreguemos tão grave matéria ao meu esclarecido colega francês!

discípulo de Godelier: a produção das idéias, das representações e da consciência está direta e intimamente mesclada com a atividade e o comércio dos homens, é a linguagem da vida! inclusive as fantasmagorias do cérebro humano são sublimações resultantes de sua vida material, comprováveis de modo empírico e assentadas em bases concretas! por conseguinte, ética, religião, metafísica, assim como as formas de consciência que lhes correspondem, perdem qualquer aparência de autonomia!
anarquista espanhol: que significado e valor o senhor atribui então à crítica moral da sociedade, à luta contra a suposta nova ordem internacional e seus crimes?
discípulo de Godelier: a invocação da moral e do direito não nos deixa progredir cientificamente nem um milímetro! a ciência econômica, diz-nos Marx, não pode aceitar a indignação moral, por justificada que seja, como um argumento mas como um sintoma! seu objetivo é mostrar que as anomalias sociais são conseqüência necessária do modo de produção e, simultaneamente, sinais de sua decomposição crescente! é descobrir dentro da forma do movimento que se desagrega os elementos de uma organização futura da produção e da mudança que eliminará tais anomalias! os acessos de fúria do poeta valem como descrição daquelas ou como ataques aos bardos da harmonia a serviço da classe dominante que as embelecem ou negam! mas a história nos mostra em cada época seu valor apodíctico nulo!
o indiano: acho que a doutrina de Marx relativa à invalidez do fator moral nas mudanças históricas encobre um perigoso sofisma! sair em guerra contra a escravidão ou outras injustiças flagrantes e nisso demonstrar uma indignação ética superior, diz-nos ele por exemplo, está ao alcance de qualquer alma nobre, mas tal atitude nada nos ensina sobre como surgiram tais práticas, sobre as causas pelas quais perduraram e sobre o papel que representa-

ram na história! mais ainda, acrescenta ele, se analisamos esse problema com atenção, temos de admitir, por contraditório e herético que pareça, que a introdução da escravidão nas circunstâncias de outrora significou um grande avanço! é um fato estabelecido segundo Marx, e aqui faço minhas as palavras dele, que a humanidade começou a partir do animal e teve de recorrer a métodos coercitivos quase bestiais para sair da barbárie! dados os antecedentes históricos do mundo primitivo, a marcha paulatina de uma sociedade baseada na oposição de classes só podia se dar em forma de escravidão! tal raciocínio, baseado na existência de épocas de progresso gradual como as dos modos de produção asiático, antigo, feudal, e burguês, o induziu a aprovar o papel positivo e inovador do colonialismo! por triste que seja do ponto de vista dos sentimentos humanos o desaparecimento de sociedades patriarcais, trabalhadoras e inofensivas, escreve ele, a intervenção imperialista inglesa, ao minar as bases dessas comunidades semibárbaras, semicivilizadas, levou a cabo a única revolução social da história da Ásia! assim, embora a Europa agisse por interesses sórdidos, foi ela o instrumento da História ao realizar tal revolução e temos o direito de exclamar com Goethe

quem lamenta os estragos
se os frutos são prazeres?
não aplastou milhares de seres
Tamerlao em seu reinado?

o mal é que ninguém pode explicar hoje quais foram os prazeres legados pelo colonialismo na Ásia, África nem na América Central, nem, é claro, os do comunismo ali onde foi imposto à força!

emigrado do Leste: essa insensibilidade moral de raiz maquiavélica, posto que o fim justifica os meios, esclarece-nos a crueldade e o despotismo de Stalin, investido pela doutrina de Marx da suprema dignidade de realizar o Grande Projeto!

(você levantará fugazmente os olhos para o retrato gigantesco de Mouro
as sobrancelhas são como matas de samambaias e os olhos parecem soltar faíscas!)
anarquista espanhol: em minha opinião existe algo muito mais grave! ao desvalorizar a crítica moral das injustiças passadas e presentes em nome de uma ciência evolucionista influenciada pelo darwinismo, de leis rigorosamente científicas que, conforme podemos hoje verificar, resultaram ser falsas, ele nos tira, de nós que enfrentamos a nova desordem mundial e os estragos do liberalismo desabrido nas economias arruinadas por seu sistema, a única arma de que dispúnhamos! já que o marxismo não é uma descoberta científica mas uma teoria elaborada a partir de premissas certas mas de conclusões erradas, só podemos recorrer aos velhos sentimentos de indignação, solidariedade e compaixão diante das iniqüidades existentes entre o Norte e o Sul, da espoliação sem precedentes das multinacionais, dos sinistros conflitos étnico-religiosos, da miséria em que vegeta a maioria dos seres humanos!
professor de Oxford: Marx esmagou a burguesia com o peso de todos os crimes e injustiças por vezes reais que observou *de visu*, mas seu remédio foi pior do que a doença!
discípulo de Godelier: a concepção dele da sociedade burguesa não é tão negativa como meu querido colega pretende nos fazer crer! as categorias que expressam as relações de tal sociedade e facilitam a compreensão de suas estruturas nos permitem captar, diz Marx, a composição e as relações de produção de todas as sociedades do passado sobre cujas ruínas ela foi construída e das quais subsistem vestígios ainda perceptíveis, da mesma maneira que as potencialidades anunciadoras de uma forma superior das espécies animais inferiores não podem ser compreen-

didas a não ser quando a forma superior é uma realidade cognoscível! assim, para Marx a burguesia desempenha um papel revolucionário na história da humanidade, operando maravilhas comparáveis às pirâmides do Egito, aos aquedutos romanos e igrejas góticas! pôs em marcha as forças produtivas que deslocam o estreito marco da propriedade capitalista e possibilitam a abolição da sociedade classista por uma revolução proletária!
professor de Oxford: pura fantasia ideológica! a isso chamamos em inglês wishful thinking!
emigrado do Leste: que maravilhas criou a sociedade comunista imposta a quase meio mundo de acordo com os dogmas de Marx? Chernobil, o gulag ou o mausoléu de Lenin?
discípulo de Godelier (impávido): diferentemente da sociedade pré-industrial cimentada na conservação inalterável dos modos de produção, a burguesia, escreveu ele com grande acuidade, não pode existir sem revolucionar constantemente os instrumentos daquela e, por conseguinte, suas relações e as de toda a sociedade! a época capitalista e sua prolongação tentacular financeira se diferenciam dos períodos anteriores pela transformação contínua da produção, pelo transtorno incessante das condições sociais, pela crise perpétua e pela agitação! quem melhor descreveu o que está acontecendo hoje com a constante inovação tecnológica e a guerra das multinacionais em escala planetária?
apresentador: creio que deveríamos tocar num tema de inegável interesse para os telespectadores! refiro-me à visão do futuro segundo Marx e a seu conceito tão controvertido de ditadura do proletariado!
emigrado do Leste: entre a sociedade capitalista e a comunista, descreve Marx, situa-se a fase de transformação revolucionária de uma na outra, uma espécie de transição política em que o Estado, antes de abolir-se a si mes-

mo, deverá instaurar uma ditadura da classe proletária! mas nosso brilhante futurólogo não especificou a natureza nem a duração nem as características dessa transição e passou um verdadeiro cheque em branco aos detentores do poder bolchevique!
professor de Oxford: quando os socialistas alemães perguntaram a Engels em que consistia tal ditadura, o co-autor do *Manifesto comunista* saiu pela tangente e citou a Comuna!
anarquista espanhol: a citaçãozinha tem seu sabor! a atitude de Marx durante a Comuna foi de fato ambígua! a grande maioria de seus membros eram proudhonianos e blanquistas, não pertenciam à Internacional! o levante popular merece sem dúvida o qualificativo de revolucionário, mas não o de marxista! se por um lado Marx admirava o heroísmo dos insurretos e desmanchou-se em elogios a eles, por outro lado não se privou de criticar-lhes, em privado, o extremismo e de jogar-lhes a culpa pelo fracasso, como revela a correspondência com Liebknecht! o texto que escreveu por encomenda do Conselho Geral da Internacional, à qual ainda pertenciam os bakuninistas, foi concluído dois dias depois de esmagada a insurreição! é uma obra admirável mas que, dada sua demora, se resumiu a uma elegia! o certo é que se os communards aclamaram Bakunin não invocaram o nome nem as idéias de Marx! assim, a apropriação a posteriori da gesta foi totalmente oportunista! há poucos casos de desfaçatez histórica como a de Engels ao comparar a futura e infausta ditadura do proletariado com uma revolução anarquista e libertária tal qual a Comuna!
apresentador: mas o Estado deve desaparecer ou não com o advento do comunismo?
discípulo de Godelier: o Estado não existe desde que existe o mundo! há sociedades que se formaram sem ele, ignorando inclusive a idéia de seus poderes! mas uma deter-

minada fase do poder econômico, ligada necessariamente à divisão da sociedade em classes, impôs a realidade do mesmo! segundo Marx, aqui pecando, reconheço, por um exagerado otimismo, estaríamos nos aproximando a passos de gigante de uma fase em que a existência de classes não só deixaria de ser indispensável como constituiria um verdadeiro obstáculo ao desenvolvimento da produção! em suma, algum dia as classes desaparecerão tão inevitavelmente como surgiram e fatalmente o Estado ruirá junto com elas! a sociedade que reorganizará a produção na base de uma associação livre e igualitária de produtores porá a máquina do Estado no lugar que lhe corresponderá no futuro! no Museu de Antiguidades, junto com a roda de pedra e o machado de bronze!
professor de Oxford: como o senhor explica que ao cabo de setenta anos de ditadura supostamente transitória, o Estado, em vez de definhar e extinguir-se, fortaleceu seus poderes a ponto de converter-se numa espécie de monstro tentacular?
anarquista espanhol: não deixa de ser deprimente e grotesco que a imensa maioria dos pensadores e intelectuais ainda admita o poder político como algo tão corrente! creio que, se em fins do século XVIII começou a rachar o império teológico sob a filosofia, agora, em fins do século XX, já seria o momento de a filosofia absorver a idéia naturalista do poder! essa não se associa nem com a liberdade nem com o amor! pois, se o amor é a afirmação do tu, o poder é incontestavelmente sua negação! e nessa encruzilhada assalta-me a seguinte pergunta, não termina sendo infinitamente mais nocivo o apetite pelo poder do que o apetite pela propriedade e pela posse? não teria sido cem mil vezes mais revolucionário e libertador o programa de Bakunin contra qualquer poder e contra o Estado do que o de Marx contra o capital privado e a espoliação econômica, que por sua vez desapareceriam

com os primeiros? explorar um operário ou um camponês não é tão odioso quanto prendê-lo, torturá-lo e matálo? afinal de contas, não é o capital privado que nos faz gastar em armamentos centenas de bilhões de dólares? só o Estado, o fatídico embate entre Estados, leva-nos à loucura da guerra nuclear, ao perigo de uma extinção total ou parcial da vida contra a qual não cabe insurreição alguma!
emigrado do Leste: o mais grave não é o fato de Marx ignorar as advertências de Bakunin, como Lenin as de Rosa Luxemburgo! ele também se esqueceu das próprias palavras! permitam-me ler um de seus primeiros textos, publicado no jornal que editava antes de sair da Alemanha

> a essência da imprensa livre, por seu aspecto ponderado e moral, é a da liberdade! a da imprensa censurada, a não-substância e a impessoalidade da servidão!

professor de Oxford: a experiência atual nos ensina que a liberdade de expressão pressupõe uma democracia política e esta, por sua vez, uma economia de livre mercado! sem esses elementos, todas as utopias, marxistas ou não, desembocam na anarquia ou na ineficiência, no totalitarismo e na corrupção!
anarquista espanhol: o senhor confunde a livre iniciativa das multinacionais que pilham nosso planeta com a livre auto-realização propugnada por Bakunin e outros pensadores ilustres! enquanto o senhor e seus congêneres pensam na auto-satisfação e na acumulação de bens, eles se expressam em termos de criatividade, de responsabilidade dividida!
emigrado do Leste: mais uma utopia! suas palavras ficam muito bem na boca de um poeta, mas não na de um político responsável!
anarquista espanhol: permita-me dizer, meu caro amigo, que desconfio de quem desconfia dos poetas! a conhecida expressão de Marx, a respeito de seu amigo Freiligrath,

quão mesquinha e miserável ralé a dos poetas, por acaso não prefigura as relações dos futuros regimes comunistas com Akhmatova, Mandelstam, Pasternak e o suicídio de Maiakovski?
discípulo de Godelier: Freiligrath, versejador medíocre, foi um cata-vento politicamente falando! os laços de amizade de Marx e Engels com um grande autor como Heine basearam-se sempre numa atitude repleta de respeito e admiração!
professor de Oxford: o que Marx reprova em Freiligrath? o fato de que, como poeta, necessite de liberdade! o fato de que tenha tido a coragem de escrever-lhe que o partido é uma jaula e que ele canta melhor fora dela!
apresentador: esqueçamos os poetas ou nunca concluiremos! um dos aspectos mais discutidos da teoria marxista é sua percepção do que chamamos de Terceiro Mundo ou, com maior precisão, de Sul em relação ao Norte moderno e industrializado, já que Marx defendeu, pelo menos temporariamente, o colonialismo europeu e os benefícios de seu caráter civilizatório! seria interessante que nosso convidado, professor da universidade de Bombaim, se exprimisse sobre esse ponto!
o indiano: Marx e Engels padeceram de um etnocentrismo de conseqüências funestas no apoio aos partidos europeus de esquerda à chamada empresa colonial! na verdade, os exemplos de seu vocabulário depreciativo no que se refere às culturas e sociedades afro-asiáticas são lamentáveis! Engels fala dos ciúmes, das intrigas, da ignorância, da cobiça e da corrupção dos orientais, do fatalismo oriental, dos opressivos preconceitos, da estupidez, da douta ignorância e da barbárie pedante decorrentes do fanatismo nacional chinês! os árabes argelinos não se saem melhor! segundo ele, distinguem-se pela estultice, crueldade e pelo espírito de vingança e por isso a detenção pelos franceses do emir Abdelkader, futuro estudioso de Ibn Arabi,

parece-lhe uma iniciativa sumamente feliz, um passo importante para o progresso da civilização! quando, se referindo a meu país, Marx escreve, se não me falha a memória, que não existe no mundo despotismo mais absurdo, infantil e ridículo do que o dos shazmans e sharians saídos de *As mil e uma noites*, e retrata o grão-mogol como um homenzinho amarelo, encarquilhado e velho, coberto de ouropéis e usando roupas teatrais muito parecidas com as das dançarinas do Hindustão, o leitor de hoje ficaria inclinado a pensar, se a cronologia real não lhe proibisse, que o autor tirou essas descrições da indústria cinematográfica hollywoodiana! assim, para Marx a Inglaterra tem uma missão na Índia ao mesmo tempo destrutiva e regeneradora: a de aniquilar a velha e inepta sociedade asiática e assentar sobre suas ruínas as bases materiais do capitalismo ocidental!
discípulo de Godelier: é verdade que Marx acreditou durante certo tempo no papel benéfico do colonialismo como instrumento necessário à modernização! mas em seguida denunciou seus crimes com persuasão e eloqüência! se a hipocrisia e a rapacidade inerentes à civilização burguesa adotam na Europa formas respeitáveis, escreveu, no subcontinente indiano mostram-se desnudas! os colonialistas ingleses dizem ser os defensores da propriedade mas, acusa ele, não recorreram a extorsões abomináveis contra os nativos quando a simples corrupção não bastou para alimentar-lhes a cobiça?
o indiano: esses protestos morais, cujo valor o próprio Marx negava, não encobrem o fato essencial: sua convicção de que os indianos não recolheriam os frutos dos novos elementos sociais semeados entre eles pela burguesia colonialista britânica até que as classes governantes da própria Grã-Bretanha não fossem liquidadas pelo proletariado industrial! o que teria acontecido se Gandhi, em vez de lançar seu movimento popular de resistência pa-

cífica, tivesse esperado de braços cruzados a chegada da providencial revolução proletária inglesa?
discípulo de Godelier (excitado): o senhor acaba de censurar o final do texto que está citando! a alternativa, indicada por Marx, a uma hipotética revolução na Grã-Bretanha! sua referência explícita ao dia em que os indianos reunissem forças suficientes para se libertar do jugo colonial! toda vez que Marx é amputado de suas dimensões filosóficas e epistemológicas para ficar restrito a frases ou observações isoladas, o comentarista limita-se a emitir julgamentos de valor sem levar em consideração o primordial, a riqueza teórica do texto!
apresentador: gostaria de saber a opinião de miss Lewin-Strauss a respeito
miss Lewin-Strauss: não vim aqui para discutir entre homens as contradições teóricas da dominação masculina! por que só tem uma mulher na lista de convidados deste programa? por acaso não somos nós, as mulheres, a metade da espécie humana? o papel de representante simbólica de meu sexo parece um álibi da sociedade machista, uma maneira de eludir o debate sobre uma questão essencial como a ignorância absoluta de Marx com respeito à opressão doméstica, e não só social, sofrida inclusive por sua esposa e suas filhas!
apresentador: pois vamos ao assunto! a palavra é sua!
miss Lewin-Strauss: os marxistas nunca admitiram as idéias um tanto anarquistas de Lafargue acerca da existência do matriarcado na sociedade primitiva! segundo o marido de Laura Marx, a superioridade das mulheres em matéria de governo, menos sujeitas a pulsões de agressividade e domínio circunstanciais dos homens, tornaria a se manifestar na futura sociedade comunista livre de preconceitos burgueses e crenças atávicas! mas nos sistemas criados de acordo com as idéias de Marx, as escassas mulheres que tiveram acesso a postos de responsabilidade o consegui-

ram à medida que interiorizaram e assumiram o discurso machista!

emigrado do Leste: a senhora considera que a Passionária e Anna Pauker foram um exemplo de humanismo e doçura?

miss Lewin-Strauss: o senhor ilustra com exemplos o que acabo de dizer! elas e outras mulheres integradas na sociedade masculina foram as exceções que confirmam a regra! enquanto os homens controlarem os exércitos e toda a panóplia atual de armas letais não se poderá falar em sociedade feminista, no máximo em contra-sociedade! embora uma bolchevique como Alexandra Kollontai tenha percebido as coisas com clareza, foi obrigada a se calar e obedecer aos ucasses do chamado Paizinho dos Pobres!

apresentador: já que estamos falando da URSS, quer dizer, da finada União Soviética, noto uma contradição radical entre o modelo revolucionário exposto por Marx e a ditadura bolchevique de Lenin!

professor de Oxford: o caso específico russo foi para Marx um dilema do qual escapou pagando o preço de contradizer a própria doutrina a respeito da necessidade histórica do capitalismo! A Rússia era o único país onde a propriedade comunitária agrária mantivera-se em larga escala, e segundo ele o desenvolvimento industrial iniciado em 1861 com a ajuda de capitais franceses e britânicos podia frustrar a mais bela oportunidade dada pela história a um povo para que evitasse passar por todas as vicissitudes de um sistema que ele julgava impiedoso e explorador! tanto Lenin como Mao agarraram-se a essas frases para justificar teoricamente suas revoluções, realizadas como sabemos não dentro mas fora da ordem de produção burguesa!

discípulo de Godelier: o senhor simplifica as coisas e faz afirmações que deveriam ser matizadas! no prólogo da edição russa do *Manifesto*, Marx esclarece que a transforma-

ção da sociedade semi-industrial, semi-agrária só seria possível com a ajuda de um impulso externo, o da revolução socialista na Europa!
professor de Oxford: o diabo para ele e para a massa de fiéis crentes é que ela não se realizou! Lenin e Trotski esperaram em vão o triunfo da revolução alemã! só quando se impôs a evidência de que a burguesia era capaz de resistir e superar o efeito devastador da guerra foi que Iosif Vissarianovitch elaborou sua teoria da revolução num só país!
o indiano: todas as revoluções do século XX se realizaram em países predominantemente agrários como China, Cuba, Vietnã! as conjecturas de Marx se espatifaram ao topar com a realidade! apesar do rigor das premissas das quais partiam, acabaram sendo um verdadeiro fiasco!
emigrado do Leste (com desprezo): o marxismo é um lixo ideológico não reciclável!
discípulo de Godelier: meu querido colega, o senhor sabe muito bem que o sistema de livre mercado que defende com unhas e dentes é capaz de reciclar tudo, inclusive pessoas com o seu caráter!
emigrado do Leste (aos gritos): estamos numa tribuna de discussão democrática e livre, não nos processos de Moscou!
discípulo de Godelier: é o senhor que está se comportando como Vichinski!
apresentador: deixemos de lado as invectivas pessoais! o tempo está passando e eu gostaria de perguntar ao até agora silencioso autor deste romance sua opinião sobre Marx!

desde que a paisagem de ruínas ideológicas pressentida há uns dez anos
(cabeça intacta de Karl, estátua oxidada de Friedrich, barbicha e um fragmento da calva do ínclito Vladimir Illich, desenterrados por equipes de cientistas e arqueó-

logos em busca das bases, profecias e dogmas do materialismo dialético)
é uma realidade, os excessos e crimes desse sistema passaram a segundo plano na sua consciência, autor, e a sucessão de catástrofes de um mundo submetido à lei do monetarismo desenfreado, os continentes mergulhados em irremediável miséria, a devastação planetária, a xenofobia, o racismo, as máfias eurobancárias, as purificações étnicas, o universal planejamento orwelliano parecem mais urgentes para você!
como convencer aquela douta assembléia de que no exato momento da derrubada das estátuas e dos incêndios das efígies de Mouro, de Vladivostok a Tirana, a iniqüidade do novo mundo formado pelos teóricos da livre iniciativa confirma paradoxalmente as denúncias e as incendiárias diatribes dele?
de que o erro de Marx consistiu talvez em pensar em termos de poder e não de felicidade, ainda que a busca desta interesse mais do que a daquele para a imensa maioria de que só uma proposta capaz de transcender os limites do ser humano pode manter o mesmo no nível da humanidade ao passo que uma sociedade reduzida a sua dimensão puramente econômica leva inevitavelmente à infra-humanidade, a uma nova forma planejada de tirania?
(o filósofo retratado no estúdio ainda arqueia para um lado e outro as sobrancelhas arborescentes, o monólogo interior o importuna!
Marx (*num sussurro*): *acabe de uma vez com o abuso do bem-aventurado pronome relativo! em vez de se ocupar tanto de mim e de minhas idéias seria melhor que explicasse aos leitores o propósito e a estrutura do seu romance!*
passado o primeiro instante de surpresa, você será obrigado a admitir que ele tem razão)

o livro combinado com o seu editor, como todos os de tema biográfico-realista aclamados por público e crítica, não se arrisca a deixar ocultas as premissas do jogo ao escamotear os métodos pelos quais uma propaganda insidiosa forma a mente dos leitores que se acreditam no texto? numa sociedade uniformizada pelo império da imagem, que valor literário e moral teria pôr a pena a serviço dessa imagem e traçar relatos históricos como essas cenas de sórdidos episódios e crimes reconstituídas em estúdio? não seria mais incitativo e fecundo desmascarar os mitos e as instâncias intermediárias que operam entre o grande público e Marx, integrando na obra os filtros através dos quais percebemos sua personalidade elusiva e contraditória? em vez de se resignar a aceitar a escrita como serva da tecnologia, por que não introduzir os estereótipos e as influências desta no âmbito do romance, invertendo os papéis e subordinando as invasões televisivas diárias e suas mensagens subliminares às regras do campo de manobras aberto por Cervantes? o lance de gênio desse insignificante vice-presidente norte-americano ao polemizar com o personagem da mãe solteira de uma novela popular de televisão não era a prova contundente da interação entre realidade e ficção, da contaminação cervantina do espectador, do caminho a seguir para penetrar nas camadas da nossa apreensão do real, mais além da sinceridade falsa de sua fotografia?

mergulhado nessas divagações, você não reparou que, já faz um bom tempo, o estúdio parece imobilizado! os convidados do debate mantêm-se parados, congelados no gesto e na postura em que estavam quando o realizador lhe deu a palavra! o discípulo de Godelier prolonga o incômodo movimento de despejar água mineral no próprio copo! o indiano perpetua o gesto de cofiar a barba! o emigrante do Leste agarra-se indefinidamente ao isqueiro com o qual pretende acender um Marlboro!

sua desatenção imperdoável, como a do pobre Sterne ao esquecer o personagem da mexeriqueira de cara grudada no buraco da fechadura durante quase duzentas páginas, paralisou todo o estúdio, junto com o apresentador do programa, os participantes e técnicos e, quem sabe se, além deles,
(tamanhos são os poderes da escrita!)
uma audiência calculada em dois milhões de espectadores, também condenados por culpa sua a uma inércia forçada! a paralisação doméstica, de maior alcance do que as obtidas com bravura pelas centrais sindicais nesses tempos duros de recessão e apatia, enche-o simultaneamente de discreto orgulho e de imenso desconsolo!
sua infeliz tendência a esquecer a ação principal e sair por aí divagando provocou, no momento em que as coisas pareciam tomar o rumo certo, um completo desastre!
o que dirá seu estatutário editor, petrificado em sua cadeira na penumbra?
acabrunhado, você se virará para o anfitrião pedindo socorro

apresentador (quebrando o seu galho com naturalidade e savoir-faire): vamos agora responder a algumas perguntas feitas pelos telespectadores a nossa unidade informativa durante o programa! María, está me ouvindo?
voz em off: estou, José Luis!
apresentador: pode nos enumerar os temas que mais interessaram aos telespectadores?
voz em off: um sociólogo de Múrcia faz duas perguntas, dirigidas a François Punset! primeira, é verdade que Marx escreveu "espero que até o seu fim a burguesia se lembre de meus furúnculos"? segunda, em caso afirmativo, não se poderia deduzir que o marxismo, com sua teoria do ódio entre as classes, foi fruto da furunculose de Marx?
discípulo de Godelier (sarcástico): seria melhor o senhor sociólogo indagar que tipo de debilidade mental, passageira ou incurável, o induz a fazer semelhantes perguntas!

(há tosses, pigarros e como que um leve movimento de asas, parecido ao que produziria a chegada noturna de um intruso ao galinheiro)
voz em off: um ex-funcionário do partido comunista que hoje vota à direita assinala que na morte de seu amigo Roland Daniels, o ainda jovem Marx escreveu para a viúva: "Sempre o recordarei como a um deus grego, arrastado por um capricho do acaso para o meio de um bando de hotentotes" e sua pergunta é a seguinte, tal comparação não é pejorativa e racista?
apresentador: pergunta dirigida a quem?
voz em off: ao nosso escritor!
você: o humor de Marx pode se prestar a equívocos para quem desconhece sua vida! assim, ele empregou sempre carinhosamente o termo de hotentote, até o extremo de pôr esse apelido numa de suas filhas!
(a agitação e o alvoroço do galinheiro parecem estar aumentando)
apresentador: María, você poderia arrumar as perguntas em grupos temáticos?
voz em off: José Luis, antes de mais nada uma informação que estou recebendo neste instante! a maioria do público concentra sua atenção na trama e nos episódios evocados em *La baronne rouge*, sobre a qual setenta e oito por cento emitem opinião favorável e só onze por cento negativa!
apresentador: os dados correspondem a Madri ou a uma amostragem de toda a Espanha?
voz em off: de toda a Espanha, José Luis!
apresentador: bem, continuemos!
voz em off: uma telespectadora de Vic gostaria de saber se houve um idílio real entre Marx e a condessa Hatzfeldt! um bancário de Albacete diz que não fica claro se a mulher de Marx descobriu a paternidade do filho de Lenchen! um grupo de amigas de Córdoba manifesta sua solidarie-

dade com Jenny Marx e acusa o marido de dupla moral e de egoísmo! uma dona de casa de Zaragoza se interessa pelo destino das filhas e pede o título em castelhano de alguma biografia da família! um viticultor de Logroño, é verdade que naquele tempo se tratava a varíola, como a que Jenny teve, com vinho de Bordeaux? um aposentado de Benidorm, os operários ingleses conheciam o padrão de vida dos Marx em Modena Villas e as prodigalidades de Engels? uma estudante de letras de Granada, a insegurança e as depressões de Tussy não se explicariam em linguagem freudiana por um complexo de Édipo não resolvido? enfim, vários telespectadores criticam a constituição do grupo de participantes do programa e aplaudem a intervenção de miss Lewin-Strauss! alguém gostaria de ver entre eles uma vítima do gulag! uma associação de mineiros da bacia do Nalón reclama de não ter sido convidada a expor aos exibidores de um filme antimarxista o desmantelamento industrial e a atual desertificação das Astúrias pelas multinacionais e pelos eurocratas de Bruxelas!
apresentador: aproveitando os dois escassos minutos que ainda temos no ar, alguém quer responder a essas perguntas?

Mas cresce a intensidade do rumor de asas, paulatinamente inquietas, misturado com um burburinho confuso de cacarejos e vozes distantes! exemplares de galináceas amontoadas parecem fugir de repente, levantar vôos curtos, aterrissar umas sobre as outras, modular cacarejos furiosos como alguém que vive de rendas e é surpreendido em sua boa-fé por uma falsa emissão de bônus do Tesouro! gregários, impetuosos, escandalosos, os membros de um exército desconhecido invadem os estúdios, abrem passagem entre operadores e técnicos, põem as recepcionistas para

correr e prorrompem no estúdio que está transmitindo ao vivo!
você deveria ter previsto desde o início! quem poderia ser senão eles?
dezenas e dezenas de albaneses de calças surradas e camisas sujas, lenços na fronte, barbas cerradas, melancólico aspecto de piratas, corpos esquálidos, órbitas profundas, olhar sonâmbulo, gestos selvagens e acuados! vieram a pé de Barcelona, percorreram seiscentos quilômetros de distância, famintos, exaustos, raivosos, para intervir no programa e debater com todos vocês, exigir satisfações do fundador do sistema responsável por suas desgraças! querem conversar com ele, mostrar-lhe aonde levam suas teorias, amaldiçoar quarenta e cinco anos de tristeza e pobreza, expor o caso ao grande público, chamar a atenção das autoridades, conseguir vistos para os Estados Unidos!
Estados Unidos?
sim, Dallas, Dallas! paraíso entrevisto pelo olho de ciclope do televisor, grandes mansões cercadas de gramados, lares confortáveis, garagens particulares com um parque de automóveis deslumbrantes, mulheres com um matagal de cabelos louros e peitos empinados, recepções suntuosas, dinheiro fácil, trepada garantida, uísque a rodo, utopia transfigurada em realidade palpável! a peregrina multidão gesticula, expressa-se com mímicas e sinais, eleva inutilmente a voz na esperança de se fazer entender pelo apresentador e pelos entrevistados, acusa com punho anticomunista o impassível filósofo do retrato, desafia-o a descer à arena, a medir-se com ela, a deixar logo de uma vez o olimpo onde seus sucessores o encarapitaram, sim, Marx, o redentor laico, descobridor de leis científicas inalteráveis como as de Darwin, profeta incansável de uma revolução irrealizada pela dissolução gradual do proletariado, apóstolo traído pelos discípulos, vendido pelos ex-secretários de partido por um bilhão de moedas de prata!

ao examiná-lo com melancolia e uma ponta de afinidade solidária, você captará o olhar de desprezo com o qual ele antes se livrava de proudhonianos e blanquistas, bakuninistas e lassallianos

venha me ver em Highgate, você decifrará no movimento de seus lábios

ali apodreço faz mais de um século e nos jardins você poderá conversar com os meus com um pouco mais de sossego e calma!

V

Você seguiu o conselho, voou para Londres, tomou um táxi direto do aeroporto para Highgate!
outono amarelava e despia os galhos desvalidos das árvores, atarefados ou desocupados passantes acorriam para rezar nos túmulos dos parentes ou paravam na barraquinha de folhetos marxianos e cartões-postais instalada na entrada de Swains Lane
você comprou a revista editada pelos amigos do Cemitério de Highgate e um mapa indicativo do local do túmulo (originariamente, este consistia em uma modesta lápide com os nomes de Jenny, Mouro, Harry Longuet e Lenchen, conforme o desejo de Eleanor e Engels de não erigir monumento algum ao filósofo do movimento comunista e pai da Internacional, mas o estado de abandono em que caiu nas décadas seguintes, apesar da afluência contínua de peregrinos e fiéis, fez com que em 1956 o Partido Comunista britânico resolvesse construir um novo túmulo na esquina a noroeste do local, inaugurado no aniversário da morte dele em presença de dois de seus netos)
após vagar entre mausoléus de ex-reis e magnatas da indústria e das estradas de ferro, de George Eliot e Herbert Spencer, você resolveu seguir de perto um vistoso grupo de turistas japoneses carregando câmaras de vídeo e máquinas fotográficas

você caminhava subindo por trilhas enlamaçadas, absorto na quietude do bosque, acariciado por um vento fresco e revigorante

Marx estaria esperando por você de acordo com as palavras cochichadas no estúdio ou teria se esquecido do encontro por causa do tumulto e da gritaria dos albaneses?

enquanto a paulatina ausência de crucifixos e a aparição de foices e martelos nas estelas fúnebres anunciam a proximidade do monumento, você decifra as marcas identificatórias dos que, do Brasil à Índia, quiseram se juntar em torno do mestre, como para ainda se aquecer, em meio à poeira e ao silêncio, com o calor e a proximidade da sabedoria de Marx

um pedestal retangular de granito sustenta um feio busto barbudo-macrocéfalo e uma lápide incrustada no centro menciona os nomes e as datas dos que jazem na sepultura antiga

JENNY VON WESTPHALEN
a amada esposa de
Karl Marx
Nascida em 12 de fevereiro de 1814
Falecida em 2 de dezembro de 1881
E KARL MARX
Nascido em 5 de maio de 1818
Falecido em 14 de março de 1883
E HARRY LONGUET
seu neto
Nascido em 4 de julho de 1878
Falecido em 20 de março de 1883
E HELENA DEMUTH
Nascida em 1º de janeiro de 1823
Falecida em 4 de novembro de 1890

aos quais se acrescentaram os de Eleanor, cujas cinzas, guardadas sucessivamente pela Federação Social-Demo-

crata, pelo Partido Comunista e pela Marx Memorial Library, foram depositadas em 1956 no monumento novo e sem graça
a recomendação final do *Manifesto comunista* inscrita em letras douradas no alto do pequeno pedestal

PROLETÁRIOS DE TODOS OS PAÍSES
UNI-VOS!

e uma reprodução da citação marxiana, extraída da undécima *Tese sobre Feuerbach*

OS FILÓSOFOS SÓ INTERPRETARAM
O MUNDO DE DIFERENTES MODOS
A QUESTÃO CONTUDO CONSISTE
EM TRANSFORMÁ-LO

completam a decoração do monumento fotografado pelo grupo de turistas e contemplado com recolhimento por um casal de aposentados ingleses
ao seu lado, uma senhora de chapéu preto dispersa um ramalhete de flores e enxuga discretamente o rosto com um lencinho
(nenhum grafite agressivo, como em Moscou, Berlim, Kiev ou São Petersburgo, implora perdão ao proletariado nem pretende eximir o defunto de toda e qualquer culpa com respeito ao ocorrido nos regimes do "socialismo real")
o espaço frondoso onde você está orquestra sutilmente o leve tremor das folhas e o trinado de diferentes espécies de pássaros
pombos devoram o alpiste que a mulher do ramalhete e chapéu distribui na palma da mão a uns metros mais adiante, como para completar seu périplo de nostalgia e de paz
ao se afastar alguns passos dos flashes e obturadores dos japoneses, você logo perceberá a solitária presença de uma figura familiar serenamente sentada num banco.
É a moça loura, de olhos luminosos azul-claros, fronte alta, queixo enérgico da qual falam os amigos do casal quando foi mandada de Tréveros como presente pela mãe de

Jenny, em cuja casa trabalhava desde a infância? ou é essa saudável e atraente empregada e genial cozinheira pintada por Marian Skinner, juvenil apesar de sessentona, com brincos de ouro e redinha nos cabelos, famosa por não ter papas na língua e dizer o que pensa a seu irascível e venerado patrão?

as visitas escalonadas que você fez a Mouro e Jenny não permitem que você seja exato na descrição

(ocultada na época para desespero e fúria de seu editor) da figura de mulher sentada no banco, essa Helena Demuth ou Lenchen propulsada da mansão nobiliária de uma vetusta cidade provinciana para o torvelinho da existência febril de um casal de revolucionários profissionais sem lar nem meios de subsistência, zanzando de um lugar a outro tanto por motivos políticos como de insolvência, comovedoramente fiel a seus patrões ao enfrentar todo tipo de provas, perseguição de credores, visitas ao monte-de-socorro, expulsões, despejos, anos e anos de precariedade, alimentação incerta, noites em claro, doenças, partos, mãe e esposa de Karl, mãe e irmã de Jenny, mãe e ama-de-leite de toda a sua descendência, testemunha impotente dos vôos agourentos da morte sobre o ninho da família, forçada a esconder aos olhos do mundo o responsável pela sua gravidez, a separar-se do único filho, a trabalhar sem salário e às vezes com seus irrisórios bens no prego e ainda assim serena, tenaz, sempre combativa, engajada a fundo no triunfo de uma causa que só captava intuitivamente, ignorante dos conceitos de mais-valia e de luta de classes mas instintivamente confiante de enfrentar os desafios de seu extraordinário destino, dona secreta do homem cujas idéias iam transformar o mundo, arrimo de um casal que sem seu apoio teria naufragado, ela, pobre camponesa sem luzes, salva do anonimato da espécie graças à milagrosa proximidade com aquele núcleo de criaturas excepcionais, fecunda experiência de uma

convivência de decênios de alegria, ação e lágrimas!
(Lenchen o observa com curiosidade, sem esboçar nenhum sinal de surpresa)
você: não sei se se lembra de mim! fui visitá-los quando viviam em Dean Street e depois em Grafton Terrace e Modena Villas! já estava escrevendo este romance sobre a vida da família!
Lenchen: sim, claro que me lembro, o senhor do trambolhão! no dia em que quebrou o pé da pobre cadeira!
você: a senhora tem uma excelente memória! o fato data de muito longe!
Lenchen: é que também o vi ontem no programa de televisão! isso reavivou minhas recordações!
você (deleitado): é mesmo? o que achou?
Lenchen: sua intervenção pouco brilhante teve pelo menos o mérito de ser curtíssima!
você: creio que o debate
Lenchen (abandonando por um instante a placidez): não chamo aquilo de debate! foi puro e simples palavrório! por sorte, a chegada dos albaneses deu um inesperado toque de cor!
você: gostou?
Lenchen: pois sim! o que conhecem esses cavalheiros tão louvados a respeito da vida real de Mouro e de sua família? algum dia meteram o nariz em Dean Street, presenciaram a agonia de seus filhos e netos, assistiram à doença contagiosa de Jenny quando lhe impuseram a quarentena e só Mouro e eu podíamos nos aproximar e dar-lhe de beber aqueles goles de vinho que, digam o que disserem os telespectadores, contribuíram para restabelecê-la? quanto ao filme que passaram antes, achei mais ou menos! para que perder tempo com uma fábula dessas! eu, a autêntica Lenchen, posso lhe afirmar que minha personagem é totalmente falsa! nunca me vesti como ela se veste nem falei como fala! o senhor não sabe que Tussy ria de meu

sotaque e ralhava comigo por passá-lo para o filho mais velho de Jennychen? quanto à touca que lhe cobria a cabeça, é simplesmente ridícula! na minha vida nunca me fantasiei de empregada, nem sequer na inauguração de Modena Villas! melhor ficar no meu canto e sorver a calma e o silêncio de Highgate!

você: a senhora não se deixou tentar pela curiosidade de assistir ao filme até o fim por mais absurdo e medíocre que fosse?

Lenchen: depois de uma vida repleta como a minha prefiro o sossego do cemitério! daqui acompanhei todos os desfiles e as comemorações do mês de março, a exibição de um mar de bandeiras vermelhas com estrelas, foices e martelos, o canto da Internacional! também flagrei o comando de fascistas que há vinte anos profanaram o monumento, a explosão de um ódio de classe cuja violência me reconfortou! mas em geral os dias se passam tranqüilos, com um punhado de estrangeiros que fotografam o túmulo ou se recolhem diante dele

(suspirou)

sim, foram-se os tempos em que uma multidão com banda de música e flores desfilava de Tottenham Street e Hampstead Road a Highgate em homenagem a Mouro e aos mártires da Comuna e mais de quinhentos policiais a cavalo formavam um cordão em volta do cemitério e fechavam suas portas, sem permitir sequer que Tussy depositasse uma coroa! agora as romarias são muito mais raras e a maior parte do tempo estou sozinha, atenta à chegada dos curiosos e dos que, apesar dos pesares, se mantêm fiéis aos ideais de Mouro, à Revolução a que ele dedicou a vida! são poucos, mas assíduos e estavam tão repugnados como eu no dia em que uma equipe de televisão filmou dois mequetrefes vestidos de Mickey Mouse e Pato Donald fazendo macaquices diante do túmulo! que mensagem ou desígnio escondiam senão o de aviltar e ames-

quinhar ainda mais a mente de todos os adultos e crianças do mundo? palhaços, palhaços grotescos que afinal levantaram acampamento cheios de si e orgulhosíssimos! dignos sucessores daqueles hippies fantasiados de guerrilheiros, com barbas de Jesus Cristo e colares de flores, que diziam vir da Sorbonne e das barricadas de maio como heróis da Comuna! foram embora, também se foram e cederam terreno às senhoras amigas dos animais que chegam diariamente com cartuchos de alpiste para alimentar as pombas!
(sorriu, e você nunca viu tamanha mistura de malícia e candura estender-se dos lábios até a covinha das faces) que idéia! manter umas aves cruéis e estúpidas, de aparência falsamente inofensiva, capazes na verdade, por puro prazer, de exterminar às bicadas aquela que envelhece ou adoece! como pôde se eleger um bicho desses como emblema e símbolo universal da paz? o senhor já viu alguma vez seu compatriota pintor proceder à imbecil e bárbara execução de um indefeso exemplar dessa espécie? lembro do dia em que Freddy, meu filho, veio aqui com um ramalhete e essas senhoras desmioladas perturbaram com seus balangandãs e suas vozes o milagre de nosso encontro! já era um homem feito e direito, cuja honradez e cujas idéias teriam orgulhado o pai! vinha sozinho, sempre com um tímido buquê de rosas vermelhas, ainda jazíamos na parte baixa do cemitério, na velha sepultura semi-enterrada e coberta de mato, e eu estava ali sem que ele me visse, exatamente como nos domingos e feriados, quando o recebia em casa de Engels, depois do falecimento de Jenny e Mouro e de minha mudança para Regent's Park Road! nunca falávamos de seu nascimento nem dos anos em que cresceu no campo com sua família adotiva! era sincero, bondoso, modesto, dedicado a seu trabalho de mecânico e às atividades sindicais! só a boa-fé explica seu casamento infeliz e o aperto em que se viu quando a malandra

da mulher abandonou o lar e o filho Harry, além do mais passando a mão nas vinte e quatro libras confiadas a Freddy por seus companheiros de célula! quantas vezes, na cozinha-despensa, eu o havia alertado contra seu sentimentalismo e generosidade! por acaso você acredita, eu lhe dizia, que todo mundo é como você e anda pela vida com o coração nas mãos? não viu as pombas se enfurecerem com suas congêneres fracas e derrotadas? você imagina que nós, os humanos, somos melhores? mas ele era puro altruísmo e não entendia esse tipo de discurso!
(você deixara de vê-la, só a ouvia
sua memória retrocedera quase meio século até a grade do jardim da sua casa barcelonesa, quando nos domingos Julia, ou Eulalia, conversava longamente a meia voz com o suposto sobrinho, aquele filho ilegítimo concebido na adolescência por obra de um cônego de Huesca e criado depois num ambiente distante e desconhecido
também ela não havia renunciado ao amor e à presença para dedicar sua inesgotável capacidade de afeto aos órfãos de um outro casal e consolar de algum modo a melancolia de um pai solitário e viúvo?)
Lenchen: deixe logo de digressões! nem o senhor nem ninguém poderá compreender o que foi minha vida nem os sacrifícios que ela me impôs! o que sabe essa professora sabichona sobre minhas relações com Mouro e os seus? exploraram-me durante quarenta anos e só pude legar noventa libras a Freddy? fui vítima, como ela disse, do ancestral direito de pernada a que estão sujeitas as servas? tive de encarar problemas domésticos, enfrentar a cambada dos credores, tomar conta de Jenny e ajudá-la a parir, a ela e às filhas, viajar de um lugar para outro a fim de cuidar dos netos franceses, acompanhar em seus últimos instantes a senhora e fechar os olhos de Mouro depois de niná-lo como a uma criança? pois o fiz por vontade própria e voltaria a fazê-lo um milhão de vezes! viu-me

rindo com eles, jogando xadrez com Mouro, saindo para excursões no campo com o casal e as meninas? quem senão eu, naquela família desprovida de qualquer sentido prático assim como cheia de inteligência e de fantasia, podia cozinhar, fazer bolos, cortar e costurar o modelo dos vestidos, remendar roupas, carregar e descarregar caixas de livros nas sucessivas mudanças, convencer o padeiro, o açougueiro e o verdureiro a nos vender fiado mais uma vez, consolar Jenny pelos estragos da bexiga, estar sempre ali onde precisavam de mim? os peritos e os doutos que me exibiram no programa conheceram um homem com o gênio e a coragem de Mouro, com tamanha pujança de idéias e capacidade de lutar por elas? nem de longe! criaturas assim não surgem em todos os séculos! me visitou? sim, recebi sua visita! também não foram agraciadas as servas dos profetas segundo a Bíblia nos conta? a que mulher de origem humilde coube uma glória como a minha? nem mesmo nos piores momentos de miséria e infelicidade essa bem-aventurança me desamparou! essa virtude me dava energias em face da adversidade, das calúnias, das perseguições, da morte que rondava a família! meu gozo secreto enxotava sofrimentos e obstáculos! esse era o meu centro, morada e delícias! e depois vinham os saraus, as festas, comemorações, aniversários quando todos ríamos e inventávamos apelidos para pessoas, papagaios, cachorros e gatos ou eu ia sozinha ao circo Astley e fazia roupas e fantasias para as garotinhas! a isso chamam de alienação? que eu assumisse livremente meus atos até as últimas conseqüências? mereço de verdade que tenham compaixão de mim? saibam que em nenhuma hipótese trocaria minha vida pela de outra pessoa!

(a voz parecia extinguir-se, chegava a você com dificuldade)

em vão você buscou com o olhar o frondoso jardim de Highgate e o monumento a Marx, os turistas japoneses e aposentados ingleses, o banco em que Lenchen se sentava tudo se evaporara!
você esticou o braço até encontrar o volume no qual figurava a fotografia juvenil de Helena Demuth, tirada pouco depois de partir de Tréveros
você ainda ia descrever a beleza de seus traços, seus cabelos rebeldes ao penteado, o camafeu pendurado no pescoço?
você voltou às origens da escrita quando, aos treze anos, evitava o enfadonho retrato balzaquiano de seus romances de aventuras, selecionava imagens de artistas de cinema da época e colava-as nas páginas do caderno escrito a mão com o nome de seus heróis e heroínas
como naquela época, você pegou a tesoura e recortou o retrato borrado da "fiel Lenchen"

concluída a tarefa, você expurgou a bibliografia marxiana amontoada nas estantes da biblioteca até encontrar a frase de Nicolaievski e Maenchen-Helfen referente às ilusões suscitadas em Marx e Engels pela revolução de 1848 e à subseqüente desorientação após seu brusco esmorecimento

> os que estavam dentro do movimento não podiam acreditar em seu fim, a revolução fazia parte de suas vidas, havia se transformado em seu mundo e lhes ocultava o outro, diferente e complexo, que engendrara! não reconheciam esse universo moderno, parecia-lhes impossível que o deles tivesse terminado, amanhã, depois de amanhã renasceria, tudo voltaria a mudar! quem tivesse pensado de outra maneira em tais circunstâncias não teria sido um autêntico revolucionário, mas só um mau revolucionário poderia permanecer longo tempo nesse estado de ânimo, em vez de liberar-se e perceber que um novo período histórico acabava de começar

a citação não constituía a melhor síntese e o melhor esquema do que ocorria no mundo durante sua angustiada redação deste peregrino romance?

EPÍLOGO

Quem mandou se meter em camisa de onze Lenchens?
o tempo de voar de Highgate até sua casa, e a bomba informativa monopolizava a atenção dos jornais, canais de televisão, estações de rádio
o sonho americano havia se realizado!
os vinte mil albaneses do ferry ou nave felliniana acabam de chegar a Dallas!
os jumbos que os transportavam tinham aterrissado sincronizados nas pistas do aeroporto e os heróis do dia, presenteados por J. R. e família com colares floridos e chapéus de cowboy, haviam sido recebidos com vês de vitória por uma multidão entusiasta!
vinte mil moças louras, com pouca roupa e pele maravilhosamente bronzeada, os aguardavam com seus respectivos automóveis de luxo para escoltá-los um por um até as lindas mansões que lhes destinavam!
a longa e alvoroçada comitiva atravessou, em meio a uma chuva de confetes, sirenes e buzinas, o centro de negócios da cidade, com arranha-céus altos e espelhados, evitando cuidadosamente os guetos onde se amontoavam negros e hispânicos, até chegar à zona residencial de casas imensas e confortáveis, grama limpa, cachorros de raça, garagens repletas de carros, lareiras acesas, sofás e poltronas de couro, almofadas atraentes, uísque a rodo, trepada garantida!

enquanto você contemplava aquelas imagens de felicidade, o som ameaçador da campainha, de uns toques de campainha repetidos com irrefreável impaciência, obrigou-o a chegar à porta

o rosto de sua vizinha de escada parecia desfigurado de indignação e espanto, venha, depressa, é alucinante! estou recebendo dezenas de faxes vindos de Dallas para o senhor, o aparelho funciona sem parar e um rolo de mais de cem metros se estende e se enrosca igual a uma cobra, como se quisesse me asfixiar!

você correu com ela ao apartamento invadido por cilindros de papel cheio de pontinhos, intermináveis serpentinas mensageiras de idêntico conteúdo e idêntico destinatário, um GREETINGS FROM DALLAS seguido de expressões de gratidão a sua benéfica decisão, à idéia salvadora de tirá-los do aperto e levá-los ao paraíso no epílogo de seu romance!

a vizinha parecia à beira do desmaio

recostada no sofá, assistia impotente à expansão ilimitada do maço de fac-símiles, às volutas e roscas helicoidais que confluíam até ela e ameaçavam deixá-la sem ar

sinto muito! você disse, abra a porta da varanda de par em par e tente ver se caem como cipós fachada abaixo!

você a deixou submersa no maremagnum e, de volta à casa, examinou com melancolia a pilha de contas a pagar, o aluguel, gás, água e luz

um envelope com a letra inconfundível do seu editor esperava por você em cima da mesa e não era preciso abri-lo para conhecer a sentença irrecorrível do tribunal

você jogou esferográfica e rascunhos na cesta de lixo

tudo havia sido um engano!

você jamais escreveria *A saga dos Marx*!

NOTA BIOGRÁFICA DE PERSONAGENS HISTÓRICOS CITADOS NO LIVRO

ANNENKOV, Pavel (1812-1887). Latifundiário liberal russo, crítico e publicista. Amigo ocasional de Marx.

AUERBACH, Berthold (1812-1882). Romancista, crítico das idéias religiosas, autor dramático. Companheiro de Marx em seus anos berlinenses de juventude.

AVELING, Edward (1851-1898). Polígrafo e militante anti-religioso inglês, convertido ao marxismo. Companheiro de Eleanor Marx até o suicídio desta.

BAKUNIN, Mikhail (1814-1876). Oficial russo de origem aristocrática. Encarcerado pelo czar. Refugiado em diversos países da Europa. Principal teórico do comunismo libertário e inimigo de Marx. Dirigente da Aliança Democrática Socialista afiliada à Internacional e expulsa desta no Congresso de Haia em 1872.

BAUER, Bruno (1809-1882). Crítico da religião. Amigo de Marx em seus anos de juventude. Mais tarde desviou-se para posições individualistas e liberais.

BEBEL, August (1840-1913). Fundador com Liebknecht do Partido Marxista dos trabalhadores alemães, depois incorporado ao Partido Social-democrata. Amigo de Marx e Engels. Editor com Bernstein da *Correspondência* entre os dois.

BERNSTEIN, Eduard (1850-1932). Membro do Partido Social-democrata alemão dirigido por Bebel e Liebknecht. Amigo de Marx e Engels e testamenteiro deste último. Adota posições "revisionistas" quanto ao marxismo a partir de 1898.

BLANQUI, Auguste (1805-1881). Socialista revolucionário francês partidário da insurreição armada. Inspirador da Comuna. Esteve preso a maior parte da vida.

ECCARIUS, Johann (1819-1889). Revolucionário próximo das idéias marxistas. Membro do Conselho Geral da Internacional. Depois de romper com Marx, uniu-se à luta do movimento sindical inglês.

ENGELS, Friedrich (1820-1895). Filósofo, economista e revolucionário alemão, filho de um fabricante de tecidos instalado em Manchester. Autor com Marx do *Manifesto comunista*. Encarregado da publicação de *O capital* depois da morte do mestre e amigo.

FREILIGRATH, Ferdinand (1810-1876). Poeta convertido à Revolução depois de 1848. Amigo de Marx e membro da Liga Comunista. Emigrado em Londres de 1851 a 1868.

GOTTSCHALK, Andreas (1815-1849). Médico, revolucionário, amigo e, posteriormente, adversário de Marx.

HESS, Moses (1812-1875). Filósofo, escritor político, emigrado em Paris. Convertido às idéias de Lassalle, participou dos congressos da Internacional de 1868 a 1869.

LISSAGARAY, Prosper-Olivier (1839-1901). Jornalista republicano francês, *communard*, emigrado em Londres em 1871. Autor da *História da Comuna*, traduzida para o inglês por Eleanor Marx, durante muito tempo sua noiva.

LONGUET, Charles (1833-1903). Socialista francês, proudhoniano e membro do Conselho Geral da Internacional. Casou-se com Jennychen Marx em 1872.

LORENZO, Anselmo (1841-1914). Anarquista espanhol. Delegado da Aliança Democrática Socialista afiliada à Internacional na Conferência de Londres de 1871. Autor de *O proletariado militante*.

MESA, José (1840-1904). Propagador da doutrina de Marx na Espanha, amigo de Lafargue e membro da Internacional.

NETCHAIEV, Serguei (1847-1882). Revolucionário anarquista russo; criador de um movimento terrorista, retratado por Camus em *Os justos*. Amigo de Bakunin durante sua temporada na Suíça. Entregue ao governo czarista pelas autoridades helvéticas, morreu na fortaleza de Pedro e Paulo, em São Petersburgo.

PHILIPS, Lion (m. 1866). Tio de Karl Marx e executor testamentário de sua mãe. Comerciante próspero, pai de Nanette.

PROUDHON, Pierre-Joseph (1809-1865). Revolucionário francês considerado inspirador do anarquismo. Opositor das idéias de Marx. Sua *Filosofia da miséria* motivou a contundente resposta deste em *Miséria da filosofia*.

RUGE, Arnold (1802-1880). Escritor político radical. Emigrou para Londres. Primeiro, amigo, e depois, adversário de Marx.

UTIN, Nikolai (1845-1883). Revolucionário russo, feroz inimigo de Bakunin. Organizou a filial genebrina da Internacional.

WEITLING, Wilhelm (1808-1871). Alfaiate alemão, partidário do comunismo igualitário utópico, condenado por Marx.

WILLICH, August (1810-1878). Ex-tenente do exército prussiano. Participou da frustrada revolução alemã de 1848. Emigrado em Londres. Adversário de Marx.

WOLFF, Wilhelm (*Lupus*) (1806-1864). Professor e jornalista. Emigrou para Londres em 1851. Fiel amigo de Marx, a quem este dedicou o primeiro volume de *O capital*.

BREVE BIBLIOGRAFIA CONSULTADA

KAPP, Yvonne. *Eleanor Marx, family life (1855-1883)*. Londres, 1971.

LORENZO, Anselmo. *El proletariado militante*. Alianza Ed., Madri, 1974.

MARX, Karl. *Obras completas*. Siglo XXI, Madri, 1975.

MARX, Karl, e Friedrich ENGELS. *Correspondence*, Londres, 1934.

_____. *Sobre el colonialismo*. Córdoba, Argentina, 1972.

MARX, Jenny, Laura e Eleanor. *Family correspondence 1860-1898*. Londres, 1982.

NICOLAIEVSKI, Boris, e MAENCHEN-HELFEN, Otto. *Karl Marx*. Paris, 1937.

PAYNE, Robert. *Marx. A biography*. Nova York, 1968.

PETERS, H. F. *Jenny la Rouge. Madame Karl Marx, née baronne Von Westphalen*. Paris, 1986.

RADDATZ, Fritz. *Karl Marx, une biographie politique*. Paris, 1978.

ESTA OBRA FOI COMPOSTA PELA HELVÉTICA EDITORIAL EM GARAMOND LIGHT E IMPRESSA PELA PROL EDITORA GRÁFICA EM OFF-SET SOBRE PAPEL OFF-SET DA VOTORANTIM PARA A EDITORA SCHWARCZ EM ABRIL DE 1996.